舞え！
HIROSHIMA《ヒロシマ》の蝶々《ちょうちょ》

―被爆地からのメッセージ―

創価学会青年平和会議／編

第三文明社　レグルス文庫 245

はじめに

「舞え！〝ＨＩＲＯＳＨＩＭＡの蝶々《ちょうちょ》〟」――。このタイトルは、聞き書き取材のなかで、紡《つむ》いでくださった言葉をヒントにつけました。

「ブラジルの蝶《ちょう》の羽ばたきが、テキサスに竜巻《たつまき》を起こす」とか、別の言い方で「北京《ペキン》の空を飛ぶ一匹《いっぴき》の蝶の羽ばたきによる気流の変化が、一カ月後のニューヨークの天候に影響する」などの言葉を最近、耳にします。

近年、物理学や経済学でも世界的な注目を浴びている、カオス理論に出てくる「バタフライ効果」を、たとえ話で説明したものです。

物でも人間関係でも、お互いが密接に関係し合っている系《けい》を非線形系、といわれています。この系ではごくわずかな初期値の差（蝶の羽ばたきのような）でも、その差が時間の経過とともに指数関数的《しすうかんすうてき》に（ねずみ算的に）増大して、非常に大きな状態の差（竜巻のような）となって現れるといいます。

私たちの思いは「広島の蝶《ちょう》の羽ばたきが、世界に平和の竜巻《たつまき》を起こす」です。「広島の空を飛ぶ、一匹の蝶の羽ばたきによる、平和への気流の変化が、やがて海を越え世界中に、平和創造への大きな波を、巻き起こしていく。広島の蝶よ、日本の蝶よ、世界の蝶よ、平和、環境など地球的問題群の解決を目指す〝HIROSHIMAの蝶〟として無数に羽ばたけ！　大空に舞いゆけ！」との願いを、このタイトルに込めました。

二〇〇二年一月三日付けの中国新聞に、池田大作創価学会名誉会長による特別寄稿《きこう》「広島の心と平和教育」が、掲載《けいさい》されました。反響は大きく、寄稿での世界市民教育への提言に対して各界から賛同《さんどう》の声が数多く寄せられました。

広島大学名誉教授の小林文男氏からは「名誉会長が、これほどまでにヒロシマに想《おも》いを寄せられていることにあらためて驚き、同時に、『広島の心』を、戦争を憎《にく》み、平和を求める世界市民の精神とし、生命尊厳《せいめいそんげん》のシンボルとして、とらえようとしていることに、大変感動した」などと即座に所感《しょかん》を寄せてくださいました。また、その一文の末尾《まつび》には「この寄稿文は、広島の心ある市民、平和行政、被爆者《ひばくしゃ》・平和団体、そして教育の場にある、すべての人々への、大いなる励ましであろう」と結んでくださいました。

私たち創価学会広島平和会議（熊谷信孝議長、篠原康司・辻公子副議長）は、取り組むべき最大の課題としてあらためて「21世紀の平和教育、世界市民教育のモデル都市・広島」の構築《こうちく》を掲げました。世界の数々の難問解決に、当事者意識《とうじしゃいしき》を持って立ち上がる「世界市民」をなんとしても広島から、日本から陸続《りくぞく》と輩出《はいしゅつ》したいと、決意し合ったのです。

その思いから、「世界市民」を育てゆく最初の取り組みとして、〝ひろしま人《びと》〟による若い世代へのメッセージ集を刊行したいと決めました。何にもまして、若い世代の人たちが世界の平和創出《そうしゅつ》を「戦い取る力」を培《つちか》い、存分に発揮《はっき》してもらわなければならないと、切に願うからにほかなりません。

話し手は、被爆者、被爆二世、ヒロシマを生きる原点としてこられた方々。聞き手は、創価学会広島平和会議を構成する創価学会広島青年平和委員会、創価学会広島学生平和委員会、創価学会広島女性平和文化会議などの、若い世代があたりました。

そして二〇〇三年夏、「舞え！　〝ＨＩＲＯＳＨＩＭＡの蝶々《ちょうちょ》〟——被爆地からのメッセージ——」が刊行の運びとなりました。

緊迫《きんぱく》した世界情勢にあって、意を十分尽くせなかったかも知れませんが、本書を一人でも多くの若い方が、平和を創《つく》る勇気を起こす手がかりにしてくだされば、これにまさる喜びはありません。カバー写真は、中国平和記念墓地公園（広島県大朝町）内の「世界平和祈願之碑」〈彫刻制作者　ルイ・デルブレ氏（フランス）碑銘題字制作者　金庸氏（中国）〉の全景写真です。巻末に、一九七四年（昭和四十九年）に松室一雄さんが描いた「原爆の絵」（松室正樹さん提供）を収録しました。

結びに、出版にご尽力いただいた皆さまに、心から感謝申し上げます。

二〇〇三年八月六日

創価学会広島青年平和委員会事務局長　塩田智彦

発刊に寄せて

「広島の心」は私に深い感動を与えます。それは核兵器という最も破壊的《はかいてき》な恐ろしい力に対する、非凡《ひぼん》なる人間勝利の精神であるからです。広島のヒバクシャは一九四五年八月六日に自分たちが被《こうむ》った運命から、他人を救うために今日まで営々《えいえい》と惜しみない努力を続けてこられました。

広島への原爆投下は、二十世紀における最も重大な出来事の一つです。長い戦争の終わりに、莫大《ばくだい》な人間の労力と資源をかけて、アメリカ合衆国は核兵器を開発することに成功しました。そして最初の核実験から三週間のうちに、原爆を広島に投下したのです。アメリカ合衆国の指導者たちは戦争を終わらせようと出来るだけ早く、その強力な新兵器を使用することを選んだのです。広島・長崎は不幸にもその目標となってしまいました。広島の約九万人の市民、長崎の約四万人の市民が即死しました。

二つの大戦における、ヨーロッパ、そしてアジアの都市に対する戦略的な爆撃《ばくげき》は、広島・長崎での殺戮《さつりく》への道を開きました。しかしこれらの新兵器の驚異的《きょういてき》な力により、世界の人々は人間が人類を突然終焉《しゅうえん》に導くことが出来る兵器を創造したことに気付いたのです。人間の歴史において初めて、我々が創《つく》り出した兵器の力によって、人類が絶滅《ぜつめつ》する可能性が視野に入ったのです。

賢明《けんめい》な人は、広島への原爆投下は戦争に勝利する以上のものであったと理解しています。人類は未《いま》だかつて越えたことのない境界を越えてしまいました。この新しい領域《りょういき》において、我々は世界的な死の可能性を発見したのです。それを指して、ある学者が〝オムニサイド〟、即ち、「全ての死」という言葉を創り出しました。

フランスの偉大な作家にして実存《じつぞん》主義哲学者であるアルバート・カミュは、広島への原爆投下に即座に反応して、「我々の技術文明はついに野蛮《やばん》の極限《きょくげん》まで達した。いずれ近い未来において、我々は集団的な自殺をするか、あるいは我々の科学的な勝利を知的に使用するかを選択しなければならない」と論評《ろんぴょう》しました。カミュは続けて、「今や恐るべき未来の可能性を前にして、我々人類は、平和こそ唯一《ゆいいつ》取り組むに値《あたい》する戦いであると、より一層明確に認知《にんち》している。これはもはや祈りでなく、全《すべ》ての民衆が各々《おのおの》の政府に最終的に地獄《じごく》かあるいは理性かを選ぶことを要求すべきである」と述べました。

原爆を創《つく》り出した人々は更に研究、開発、実験を推《お》し進めました。彼らは人類を惨劇《さんげき》のふちに彷徨《ほうこう》させる、果てしない危険な核競争という〃地獄〃を選んだのです。

広島の被爆《ひばく》者たちは被爆による病気や傷害、愛する者たちの大変な苦痛の中での死、自分の都市の絶滅、そして原爆投下の後の言語に尽くしがたい日夜の恐怖《きょうふ》と悲嘆《ひたん》の記憶などの自《みずか》らの〃地獄〃と共に生きてきました。しかしながら彼らは希望という勇気、そしてこの希望の中に、〃将来の核兵器の攻撃から世界を救う〃という決意を見いだしました。

科学者たちは、原爆投下の後は、地球に生命を蘇《よみがえ》らすには数十年かかると考えていました。しかし原爆投下の後の最初の春に、花は戻ってきました。広島と長崎の荒廃《こうはい》した不毛《ふもう》の地に生命は湧《わ》き出したのです。生命のあるところには希望があります。被爆者たちは苦痛を通して希望――持ち続ける希望、世の中を変えるという希望――を見いだしたのです。

あらゆる悲劇の生存者、なかでも広島や長崎の原爆投下のような巨大な規模《きぼ》の悲劇の生存者にとって、希望は彼らの喪失《そうしつ》という苦痛を癒《いや》すものであったでしょう。私はこれらの被爆者の素直な善意にしばしば圧倒されてきました。核兵器の人類に対する脅威《きょうい》を終わらせようとする、彼らの熱心さに私は心を打たれてきました。

広島の被爆者たちは、次のメッセージを広島平和記念公園の慰霊碑《いれいひ》に記《しる》しました――「安らかに眠ってください　過《あやま》ちは　繰り返しませぬから」。彼らは死者に約束をし、核による惨害《さんがい》という過ちが再び起きることを防ぐ生涯の責務《せきむ》を開始したのです。この平和への責務の精神が平和都市・広島を貫き、それ故に広島は、世界中にひしめく素晴《すば》らしい都市の中でも特別な地位を占めているのです。

二十一世紀の初頭において、人類はなおも、核兵器の使用の見込みを増大させる核政策の挑戦を受けています。私たちは皆、広島の慰霊碑のメッセージ――「過ちは　繰り返しませぬから」を心に刻まなければなりません。しかし私たちは核兵器がなくなることを期待することは出来ません。広島と長崎の市民たちは単独では、全《すべ》ての国の武器庫から核兵器を廃絶《はいぜつ》させるために話し、行動することは出来ません。私たちは彼らの努力に加わらなければならないのです。

核兵器とその使用を正当化しようとする核政策により、核保有国を含む全ての国は脅《おびや》かされています。核兵器庫を保有し続ける国がある限り、他の国もそれらの国を見習わねばならないと感じるでしょう。私たちは自分たちが滅《ほろ》ぼされる前に、これら核兵器を廃絶せねばなりません。広島と長崎の被爆者こそが、このことを語るに最もふさわしい代弁者なのです。彼らはまさに〝核時代の大使たち〟です。彼らの確固たる、そして粘り強い警告を無視するとすれば、私たちは大変な愚《おろ》か者でありましょう。

広島からのメッセージを綴《つづ》ったこの本は、核兵器――これらが何をなしてきたか、そして何をなすことになるのか――について、まだほとんど理解していない青年たちに向けられていま す。これらのメッセージは核による惨劇《さんげき》の苦痛を被《こうむ》った人たちから、世界を継承《けいしょう》し二十一世紀のリーダーとなる青年たちへの贈り物なのです。これは、逆境を乗り越えた個人の勝利と変革《へんかく》への強い責任感を綴った物語です。そこには愛と勇気と智慧《ちえ》が満ちあふれています。

「HIROSHIMAの蝶々《ちょうちょ》」――この本のタイトルに込められた素晴らしい概念《がいねん》には、二つの深い意味合いがあります。一つは荒廃《こうはい》の〝まゆ〟から美しい〝蝶《ちょう》〟としての、広島の出現という比喩《ひゆ》として、もう一つは広島の蝶の小さな羽ばたきが、世界に大きな影響を与えるという「バタフライ効果」の示唆《しさ》です。この本のメッセージ、即ち広島の蝶の羽ばたきによって、核兵器が私たちの聖なる地球からなくなって、ただ記憶の中にあるものとなる日が世界に近づくことを強く願ってやみません。

この日が来るかどうかは、ただひとえに、私たち一人ひとりにかかっています。

核時代平和財団所長
デイビッド・クリーガー

目　次

舞え！〃HIROSHIMAの蝶々《ちょうちょ》〃

——被爆地からのメッセージ——

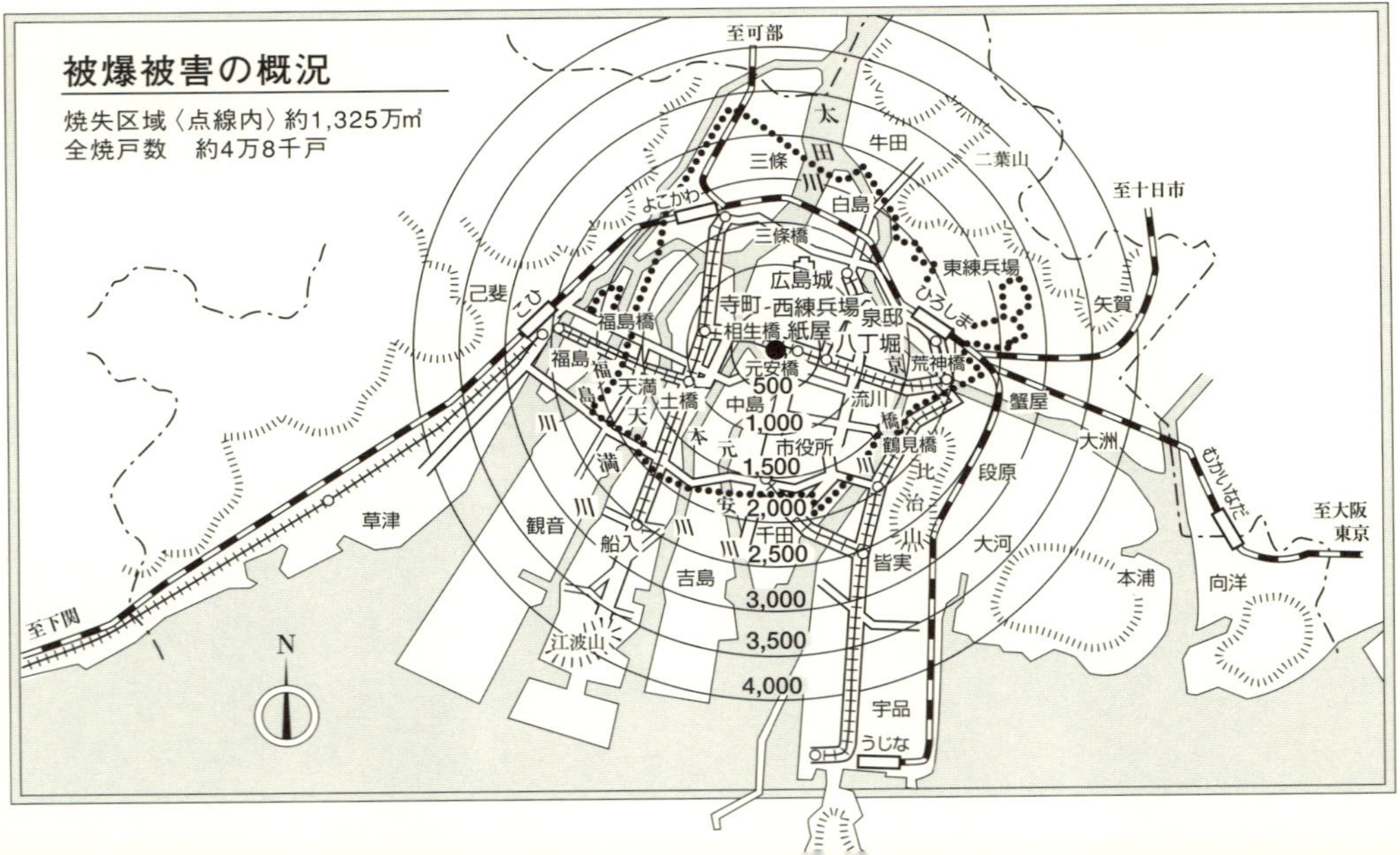
被爆被害の概況
焼失区域〈点線内〉約1,325万㎡
全焼戸数　約4万8千戸
至可部
太田川
三條
牛田
二葉山
至十日市
よこがわ
白島
三條橋
東練兵場
広島城
己斐
こひ
福島橋
寺町
西練兵場
泉邸
ひろしま
矢賀
相生橋
紙屋
八丁堀
福島
福島川
元安橋
京橋
荒神橋
天満
土橋
500
中島
流川
天満川
本川
1,000
元安川
鶴見橋
市役所
蟹屋
1,500
比治山
大洲
段原
草津
観音
2,000
千田
船入
2,500
皆実
大河
むかいなだ
至大阪
東京
本浦
向洋
吉島
3,000
至下関
江波山
3,500
N
4,000
宇品
うじな

ヒロシマを原点に

スペインから「ヒロシマ」への心の連帯《れんたい》

広島の向洋に生まれた私は、原爆投下の一週間前に山口に疎開《そかい》し、惨禍《さんか》を逃れました。今、日本から最も西のスペイン・カナリア諸島に暮らしていますが、いつも広島を思い起こし、「何のために生きるのか」と自《みずか》らに問い続けています。広島を生まれ故郷にする方々、広島と縁を持つ方々を心の底で結びつける言葉は「平和」。この「ヒロシマ」への心の連帯を若い人たちに託し、つないでいくのが私たちの責任です。

中村寿美恵
スペイン・カナリア諸島
ラスパルマス市

なかむら・すみえ
昭和十八年（一九四三年）、広島市生まれ。福岡・鎮西高校中退。同三十二年（一九五七年）、創価学会に入会。四十七年（一九七二年）、山口県下関市からカナリア諸島に移住し、ラスパルマスに三十年在住。現在、スペインSGI（創価学会インタナショナル）副婦人部長。夫・信雄さんと二人暮らし。

スペイン・カナリア諸島に三十年

日本から最も西に位置し、北アフリカ沖の大西洋上に浮かぶスペイン・カナリア諸島に住んで、今年でちょうど三十年になります。自然も人の心も美しい、古くから〝幸福の島々〟と呼ばれるこの天地が今、私の故郷です。

遠洋漁業の船員としてカナリアに寄航《きこう》していた夫に、現地で日本料理店の開業の話が持ち上がり、昭和四十七年（一九七二年）に夢を描いてこの地にやって来ました。

しかし、降り立った空港は、まるで小さな田舎《いなか》の駅のよう。バナナとトマト畑の続く、荒れた道を抜けて新居にたどり着いたとき、待っていたのは、何と店の計画が頓挫《とんざ》したという知らせ。目の前が真っ暗になりました。

しかもスペイン語も全く分からず、早くも苦境に立たされました。そこでワラをも掴《つか》む思いで、島でたった一軒の日本料理店を訪れると、運良く調理師と店員が必要であるとのことで、夫婦で勤め始めたのです。

三十年先には一番の幸福者に

当時すでに創価学会員として信仰を持っていたことが、私の大きな支えでした。翌七三年、ロンドンでトインビー博士との対談を終えパリに来訪された池田先生のもとに、お会いしたい一心で旅費を捻出《ねんしゅつ》し駆けつけました。

「盤石《ばんじゃく》な経済の基盤《きばん》を」「三十年先には一番の幸福者に」と、生活面に至るまで細々とご心配をいただき、慈父のような池田先生の全魂の激励に、涙が止まりませんでした。

その後、日本料理店も開業し軌道に乗りました。以来三十年、このカナリア諸島に四〇〇人を超えるSGI（創価学会インタナショナル）のメンバーが活躍するまでになっていることは夢のようです。

この三十年間、カナリア諸島でのSGIの発展にともなって、私の心の中に、「なぜ自分はこれまで生きてこられたのか」、またそれは「何のためか」という問いが、年々大きくなっていきました。

原爆投下一週間前に疎開

このことは「ヒロシマ」と大きな関係があります。私は昭和十八年、広島の向洋で生まれました。原爆投下一週間前に母と山口県に疎開した私は危うく惨事《さんじ》を免《まぬか》れました。当時、私は二歳でした。

しかし、原爆投下の日、呉《くれ》の軍需《ぐんじゅ》工場に勤務していた父と姉は、まだ広島に残り生活していました。父は八月六日の午前八時前に家を出て汽車で呉へ。汽車は爆風で止まり、広島の方角へ目をやると巨大な煙が上がっていました。

父は姉の安否《あんぴ》を心配し線路伝いに歩いて広島方面へ。途中からアメのように線路が曲がり、市内に近づくにつれ、目の前に地獄絵図が現れました。

男女の区別も分からないほど焼けただれた人々。死んだ子どもを背負い、さ迷い歩く母親。川に水を求めて次々と飛び込み死んでいく人々。

姉は台所で朝食の後片付けをしている時でした。窓ガラスは吹き飛び、天井が抜け、一瞬にして床に叩《たた》きつけられました。防空壕に逃げ込み、左頬《ほお》に傷を受けただけで命は助かりました。父は姉の無事を確認した後、不眠不休で市内の被爆者の救援にあたったそうです。

戦後、私は物心ついたころから、父と姉から、このような原爆の惨状を繰り返し繰り返し聞いてきました。

原爆のことを語る父は、いつも戦争への憤《いきどお》りに燃えていました。軍需工場の要職を務めていた当時も、「この戦争は負ける。あまりに理不尽《りふじん》な戦争だと内心は思っていた」と語っていました。父は原爆の悲惨さを目《ま》の当たりにし、この思いを不動のものにしたのだと思います。

生命尊厳《そんげん》、絶対平和の思想に

昭和三十年に姉がまず創価学会に入会し、父がすぐ続きました。その後、一家も入会しました。

戸田第二代会長の「原水爆禁止宣言」(注1)、仏法の生命尊厳、絶対平和の思想が父と姉の心を動かしたことは間違いありません。

私は原爆の話を聞くたびに、「もし、一週間疎開が遅れていたら、自分はいったいどうなっていただろう」という思いがつのってきました。

人の生と死を分ける運命の非情《ひじょう》さ。それを思うと、生きている自分は、生ある限り、何かをなさねばならないのではないか、という思いに駆《か》られるようになってきました。

ヒロシマは心の原点

遠く日本を離れカナリアで暮らしていても、ふとした時に「ヒロシマ」を思い起こしていました。

たとえば、以前、レストランで仕事中に左足に調理用の煮えたぎった油が誤ってかかってしまい、大やけどを負ったことがありました。

その時、瞬時に思ったのは、「原爆の炎《ほのお》に焼かれた人々は、きっとこの何百倍も苦しかったのだろう」ということでした。

子どもを抱え生活苦に喘《あえ》ぎ、苦悩する女性がいると、父から聞いたあの原爆の業火《ごうか》にさ迷い歩く母子の姿を思い出し、全力で励まさずにはおられなくなりました。

ですから「ヒロシマ」は、私の生まれ故郷である以上に、私の人生において最も大事なものを呼び覚ます、心の原点であると言えると思います。

「ヒロシマ・ナガサキ」広場

昨年、私の住むラスパルマス近郊のテルデ市に「ヒロシマ・ナガサキ」広場が開設されるというニュースを聞きました。この名称を持つ広場はスペインで唯一《ゆいいつ》であるとのこと。

私はニュースを知った時、不思議な縁を感じ、テルデ市できっと何かをしなければならないと思いました。また、このような広場を考える市長はどのような人なのか、会える機会はないものかと思いました。

そのチャンスは意外に早くやって来ました。知人が市長と懇意《こんい》であることが分かり、紹介してもらい、市庁舎で面談の約束が取れたのです。

面談の話題は私が広島生まれであるという一点に集中しました。市長は大変に喜びました。市長はテルデ市が「非核宣言都市」であること。ますます国際化する社会にあって、「平和・寛容《かんよう》・非暴力」を市是《しぜ》とし、特に教育の分野で浸透《しんとう》させたい。それが「ヒロシマ・ナガサキ」広場の設置の目的であると、熱を込めて語りました。

「世界の少年少女絵画展」を開催

そこで、私はSGIによる「世界の少年少女絵画展」開催の提案をすると、市長は即座に快諾《かいだく》。今年（二〇〇二年）四月に開催することができました。

会場は市政の中枢《ちゅうすう》である市議会堂。世界一二六カ国・地域の子どもたちから寄せられた一五〇点の作品が展示された絵画展には三週間の会期中、五千人近い市民が来館しました。テルデ市民の十人に一人は鑑賞したことになります。

地元テレビ、新聞でも連日にわたり報道され、「市民の平和意識向上への多大な貢献を称えて」とのことで、池田SGI会長に、テルデ市より市発足六五〇周年記念顕彰が贈られました。

広島に生まれたという一点が、ここまで大きな平和の波につながるとは、思いもよらぬことでした。

この絵画展をはじめ、SGIの平和展示の開催を要請《ようせい》する声が、カナリア諸島の各地で相次いでいます。

広島に生まれた意味深め、行動

あの原爆投下のあの日、きっと私だけでなく、多くの方が生死を分ける状況に直面したことでしょう。

日蓮大聖人が門下・弥三郎殿を励まされたお手紙の中に、「若干《そこばく》の人の死ぬるに今まで生きて有りつるは此《こ》の事にあはん為《ため》なりけり」とあります。

多くの人が死にゆくなかで、今まで生きてきたのは、このことをなすためであった――そう言える自分自身の悔《く》いのない生き方をしたい。

私は今、「なぜ自分は生きることができたか」というより、「生きて何をすべきか」という問いに強く心が動くようになりました。

広島を生まれ故郷にする方々、広島と縁を持つ方々を心の底で結びつける言葉は「平和」。

この「ヒロシマ」への心の連帯《れんたい》を若い人たちに託《たく》し、つないでいくのが私たちの責任です。

広島に生まれた意味を、私は今後も一生、深め、考え、行動に移していきたいと思います。

〝北京《ペキン》の蝶々《ちょうちょ》〟となって、万波《ばんぱ》の波音を

「北京で蝶々《ちょうちょ》が羽ばたくと、やがて海を越えたニューヨークでハリケーンが発生する」とは、最近、注目されるカオス理論での「バタフライ効果」を説明するたとえ話です。あなたや私のささやかな平和への行動が、やがて世界を確実に変えていく――。一人ひとりが〝北京の蝶々〟となって、万波の波音を呼び起こしていきたいものです。

品川正則
広島市南区

しながわ・まさのり
昭和十六年、広島市生まれ。同三十四年、広島県立工業高校卒業。同年、中国電力（株）入社。同年、創価学会に入会。同四十一年、聖教新聞本社勤務。同四十六年、聖教新聞広島支局に転勤。平成十三年、定年退職。同年、創価大学法学部（通信教育課程）入学。

広島に生まれ、育って…。

日本軍のハワイ真珠湾攻撃《しんじゅわんこうげき》で始まった太平洋戦争開戦の昭和十六年に広島市で生まれたんです。ですから、戦前と戦後の蝶番《ちょうつがい》のような時代に幼年期を過ごしたことになりますね。

家は、爆心地から約一・五キロ北西の広島市西区楠木町にあり、母と弟の三人で、原爆投下の四カ月前の昭和二十年四月まで住んでいました。父は戦争に行ったまま、消息不明でした。たまたま母の郷里である加計町の真宗寺院に学童疎開《そかい》した広島市立竹屋小学校の子どもたちの食事の手伝いにとの話があって、一家三人が加計に引っ越しました。そのため、被爆を免れたのです。

当時、四歳だった私の広島での記憶といえば、警戒警報のサイレンが鳴ると、母が電灯の傘《かさ》に掛けた黒い布を降ろして灯《あか》りが外に漏《も》れないように部屋を暗くし、空襲警報に変わると同時に綿の入った防空頭巾《ずきん》を被《かぶ》って、床の下に掘ってあった防空壕に入って、米軍の爆撃機のものすごい轟音《ごうおん》が消え去るのを息を潜《ひそ》めてじっと待ったこと。その時間の長かったことは、今でも忘れられません。外に出て遊ぶことも出来ず、いつまでこんな恐ろしい毎日が続くのか、いつになったら終わるのだろうかと子ども心に思ったものです。

もう一つの記憶は、八月六日朝、加計町から見たキノコ雲です。いつもの時間より早く、南側の山から入道雲がモクモクと立ち昇り〝今日は早く川に遊びに行ける！〟くらいに思っていました。広島市と違って空襲がないので、近所の友だちと毎日戸外で遊べるのです。太田川での水遊びやメダカ掬《すく》いなど、本当に楽しかったことを覚えています。早朝から疎開児童の食事の手伝いに出かけている母との約束で、入道雲が出たら水遊びに行ってもいいということになっていたのです。

ところが、しばらくすると空が薄暗くなり、黒焦《こ》げの新聞紙や焼けた笹《ささ》の葉が舞い落ちてきました。大人たちが「広島が大火事じゃ！　広島がやられたど！」と騒《さわ》ぎ出しました。中には竹槍《やり》を持ち出して「来やがってみい、やっつけたるど！」と叫ぶお年寄りもいました。この入道雲が世界最初の原爆投下によるキノコ雲だったことを知ったのは、ずっと後のことです。

終戦二カ月後の昭和二十年十月、「父死亡」の報が届きました。召集令状《しょうしゅうれいじょう》の赤紙が来て二日後に家族と別れ、一週間ほど島根県の浜田市で演習の後、宇品の港から貨物船に乗って戦地に向かったのが、昭和十九年の九月初旬。母は宇品港へ見送りに行き、手を振って別れた姿を胸に「消息不明」を唯一の頼りとし、万に一つの可能性を信じて生き抜いてきましたが、既に一年前の「昭和十九年九月二十一日南方海上にて戦死」の報に接した母の悲嘆と慟哭《どうこく》の姿は、幼な心にも脳裏《のうり》に焼き付いて離れません。

未亡人となった二十二歳の母は、二人の子を連れて再婚。次々と四人の弟妹が生まれ、衣・食・住の三拍子揃《そろ》って不自由しました。何もかも戦争によってズタズタになりましたが、爆心地から遠く離れた山間地にいたため、身体的にはなんの損傷《そんしょう》も受けなかったことは不幸中の幸いと思っています。しかし、親戚や知人など、身近なところに原爆の犠牲者も多く、生きていてもケロイドや放射能の後遺症で悩まれている人の姿を見聞きするにつけ〝自分も同じ運命にあったかもしれない。生き残った自分に何か出来ることはないだろうか〟と思い、反戦平和と核廃絶について関心を持ち続けておりました。

戦争と平和を考える

昭和三十四年、十八歳で社会人となった年に知り合いの同年代の女性から創価学会の入会を勧められました。入るでもない、断《ことわ》るでもない、煮え切らない生返事《なまへんじ》を繰り返す私に、彼女は言いました。「あんたのようにね、はっきり自分の考えを言えない若者ばかりだったから日本の戦争を止められなかったんよ」――ええっ？　日本の戦争の責任が自分にあるというのか――この追及《ついきゅう》にはびっくりしました。しかし、大勢の青年が生き生きと熱心に信仰に励む姿に引かれるものがありました。

青年部の一員として活動に励む中で、初代会長牧口常三郎先生の『子どもたち一人ひとりに、その人生の価値（幸福）を自《みずか》ら勝ち取れる力をつけることを目的』とした創価教育学の理論を知りました。更に、軍部権力による治安維持法《ちあんいじほう》違反及び不敬罪容疑《ふけいざいようぎ》の逮捕《たいほ》と獄死《ごくし》という、身命を賭《と》した反戦平和の尊い生涯を知りました。そして二代会長戸田城聖先生の『原水爆を使用する者は悪魔である。この思想を全世界に広めよ』と、遺言《ゆいごん》として青年に託した「原水爆禁止宣言」（注1）を知り、原爆や平和に対する関心が、具体的な行動と幅広い青年部による平和活動に関わるようになっていったのです。そうしたこれまでの広島での様々な平和創造の活動を振り返ってみて、大きな節目、原点ともいうべきものが二つあったように思います。

一つは、昭和四十八年四月十五日の「第一回中国青年部総会」です。広島市の県立体育館に一万五千人の男女青年が集まって開催されました。この総会では、信仰者として、生涯を生き抜くという姿勢に立って、世界中に真実の平和を築いていこうとする青年の叫びが強く前面に出されました。席上「広島決議」が採択《さいたく》されました。これは、人類最初の核兵器の惨禍《さんか》に遭遇《そうぐう》した広島の地で、反戦平和の運動の先駆と中核を担う事を決議したものでした。この「広島決議」に基づくその後の「反戦平和集会」、「街頭署名運動」、数々の「反戦出版」はマスコミでも大きく取り上げられ、全国的に注目を集めました。

池田先生（現名誉会長）からは「青年の鼓動《こどう》が持続する万波の波音となって、響いてまいります」で始まる長文のメッセージが届きました。「人材は、ダイヤモンドです。ここに参集した諸君は、まず自己を磨《みが》きに磨いて、ダイヤモンドのごとく輝きながら、限りなき転教《てんきょう》の遠征《えんせい》に勝利していただきたい。（中略）この自然の山脈を何十倍、何百倍と凌駕《りょうが》する若い信仰者による人材の中国山脈を築き、中国五県の庶民の幸せの竜骨《りゅうこつ》となっていただきたいのです」と。最大の期待を寄せられた青年たちが「平和への新潮流」たらんと勇気と希望に燃えて立ち上がったのでした。

この当時、私は創価学会広島県青年部長として、様々な平和活動に参画しておりました。さっそく取りかかった核兵器反対の署名運動には、広島県青年部が県内で約五十万人を集め、全国一一〇〇万人の署名の先駆を切り、当時の国連のワルトハイム事務総長に署名簿が届けられました。被爆者の証言集「広島・閃光《せんこう》の日・30年」のはしがきに、私は当時既《すで》に世界の超一流のジャズピアニストとして活躍していたハービー・ハンコック氏が来広し、「平和の街のために」を作曲したいきさつを書きました。その彼があれから二十八年経過した昨年（二〇〇二年）の五月、再び来広し、今度は広島平和記念公園の河畔《かはん》に集った二〇〇〇人の市民の前で「平和の街のために」を演奏したのは、広島平和記念公園の存在意義を一段と輝かしいものにしたイベントであったと思います。

もう一つの原点は、昭和五十年十一月に広島で開催された第三十八回創価学会本部総会（注2）です。これは、世界恒久平和《こうきゅうへいわ》の実現を目指すべき大道として、前進する創価学会が原爆投下三十周年を迎えた広島を、世界の核戦争を防止する平和の原点であり、聖地であるとの意味から、池田先生が核問題への三項目を提唱されたことです。製造・実験・貯蔵・使用の禁止、民間レベルの研究・討議の推進、「核の平和利用」への厳重監視《げんじゅうかんし》。各項目とも二十一世紀の現在、提案しても色褪《あ》せぬ問題点ばかりです。「核の恐ろしさを最もよく知っているのは、日本人であり、私ども日本人こそ、それを全世界に訴える資格と権利と責任を持っている」と述べられました。中でも広島に住む我々が、これを具体化、実践化していくべき役割があるということを決して忘れてはならないと思います。

「原爆投下」が一〇〇大ニュースのトップ

中国新聞で「二十世紀一〇〇大ニュース・トップは原爆投下」との見出しが、躍《おど》っているように、私の目に飛び込んだのは、一九九九年二月のこと。

これはアメリカの著名なジャーナリストや歴史学者の投票結果を集計して選んだということでしたが、その第一位が「米国の広島、長崎への原爆投下による第二次世界大戦終結」でした。「えっ、ほんまかいの？」私は思わず声を出したのを覚えています。アメリカ人が「人類最初の月面着陸」（2位）よりも「原爆投下」を上位にするだろうか。何かあるぞ、と思ったのです。

昨年十一月、広島市を訪れ、広島平和記念資料館で「核廃絶《かくはいぜつ》」について講演したアメリカ・サンタバーバラ市の『核時代平和財団』デイビッド・クリーガー所長は、池田名誉会長との対談集「希望の選択」の中で、アメリカの学校で子どもたちに教えられる原爆投下の内容について次のように述べています。「我が国が広島と長崎に落としたから、戦争は終わったのだ」と。

したがって、そこから引き出される結論は「原爆は良いことであった」というものです。やっぱりそうか。アメリカの人たちは悪魔《あくま》の兵器としか言えない原爆の威力《いりょく》を知らないから「良い」と思っているのだろう。クリーガー所長自身も、一九六三年、二十一歳の時両市を訪れて初めて、「言語に絶する衝撃《しょうげき》を受けた」と語っていました。「知らない」「知らされない」結論的に「無知」は、物事の判断を狂わせてしまいます。

二十世紀は「戦争の世紀」といわれる程、この地球上で争いは絶えず殺戮《さつりく》と収奪《しゅうだつ》の野獣のような日々の連続でした。

戦争に行くのは若者です。戦争は人間の生きる権利を奪い取る悪魔の所業《しょぎょう》です。戦争は、紛争解決の手段として暴力行為しか思い当たらない、傲慢《ごうまん》で愚昧《ぐまい》な権力者が陥る常套手段《じょうとうしゅだん》です。

若者の命を犠牲《ぎせい》にする前に、権力者はなぜ自身の命を賭《か》けて、紛争回避のための対話、交渉をしようとしないのでしょうか。そのために国民から負託《ふたく》された権力です。国民の側も暴力、戦争は絶対悪であり、その行為は間違っているということを、声に出して叫ぶべきです。

悪に対する沈黙は、悪を容認するのみならず、悪に加担することになってしまうからです。もう二度と騙《だま》されないぞ！　いざとなったら自分の身を安全な場所に置き、若者を戦場に駆り立てる、この愚かで臆病《おくびょう》な権力者に対する〝怒り〟の感情を忘れないで、声に出して叫び、行動することこそ、民衆の力で戦争を阻止《そし》する平和運動の原動力だと私は思います。

自分にできること

青年時代から壮年へと無我夢中で走り続けた日々でした。まだまだ先は長いと思っていましたが、気がつくと還暦《かんれき》を過ぎ、同輩《どうはい》の人と会えば、いつしか孫の話や医者通いの話まで話題になる年齢となりました。しかし、まだ老《ふ》け込むわけにはいきません。「生涯学習、生涯青春」

をモットーにしている手前、少々苔(こけ)がつき始めた心身のリフレッシュをと、定年退職と同時に大学の通信教育で学んでいます。専攻は法学部ですので、日常生活の中でも結構役に立つことがあり、若い人たちと一緒に楽しく勉強を進めています。今年で三年目ですが、「あんたぁ、ますます若うなりよるのお」と周囲の人によく言われます。自分でも精神的に若返ったような気がします。

また、隣近所と良く知り合って仲良くすることが、平和で住み良い地域社会づくりの第一歩と考えて、町内会の行事にも誘いがあれば積極的に出ています。順番で回ってくる町内会の組長も、気持ちよく引き受けました。これまでは名前だけで、実際の役目は妻がやっていたのです。地域内の公園の掃除やその公園で行われるグラウンドゴルフの参加もその一つです。どんどん友好の輪が広がって、町内の皆さんと笑顔で挨拶《あいさつ》が出来るようになったことで、随分心の安らぎと信頼感が増したことを喜んでいます。信頼して心を開けば、皆親切で思いやりのあるいい人ばかりです。

そして私が一番、心に思い続けていた「広島に生きる使命」について、その実践行動となるのではないかなと思うこと——それを今年春から開始しました。それは全国から広島市へ修学旅行でくる小学校、中学校の児童・生徒さんに平和公園での碑《ひ》めぐりを通して行う平和学習講師です。そのために勉強も始めました。原爆や戦争について、知らないことの余りの多さに我ながらびっくりしています。そして「知る喜び」を日々感じながら、瞳《ひとみ》をキラキラ輝かせて聞き入る子どもたちと一緒に学習しています。先日も「アメリカはどうして恐ろしい原子爆弾を作ったんですか」と、小学六年生の男の子から質問を受けました。鋭いですね。この子たちが大人になった時には、核兵器全廃《ぜんぱい》が実現し、燃え続けてきた平和公園の「平和の灯」が世界のリーダーが見守る中、静かに消される日を、そして新たな「恒久平和の灯」を鮮やかに点火させる時をなんとしても実現したいと念願しています。

北京《ペキン》の蝶々《ちょうちょ》となって

そのためには、自《みずか》らの思いを声に出し行動する以外にないと思います。「北京で蝶々が羽ばたくと、やがて海を越えたニューヨークでハリケーンが発生する」とは、最近、注目されるカオス理論での「バタフライ効果」を説明するたとえ話です。あなたや私のささやかな平和への行動が、やがて世界を確実に変えていく――。一人ひとりが〝北京の蝶々〟となって、万波の波音を呼び起こしていきたいものです。

広島の女性が先駆を走ってる

「平和運動は杉並の母親たちからとされますが、日本で最初に立ち上がったのは、広島のお母さん方なのです」（北西英子さん）……。

広島の女性が先駆《せんく》を走ってる、この流れは止めることなく、続けてもらいたいし、いかねばならないなと思っています。

重富直美
広島市南区
しげとみ・なおみ
昭和三十五年、広島市生まれ。同三十七年、創価学会に入会。同五十三年、広島市立舟入高校卒。同五十七年、創価大学法学部法律学科通信教育課程卒。二男一女の母。

未熟児《みじゅくじ》で生まれた私

今はこんなにでぶちんですから、誰も信じてくれないんですけど、未熟児で虚弱体質《きょじゃく》で生まれたんです。私を取り上げたお医者さんがかわいそうだけどこの赤ちゃんは、すぐ死にますよって。毎日三九度とか四〇度の熱を出して、けいれんをおこしたりして、医者に駆け込むっていう、で、お乳を飲む力もないしね、ミイラのような赤ん坊だったんですね。

母にしてみれば初めての子だし、なんとか生き延びさせたいと思って、ずーっと入院したりして、つきっきりで看病《かんびょう》するんですよ。すると父はね、十九歳で結婚して二十歳で父親になってますから、若いんですよものすごく。だからその後、母は私につきっきりで、お金はふんだんにあるでしょう。遊んじゃうんです。父はあっという間に転落人生。結局、長屋住まいになっちゃって。で、母は父が働かないものですから、私を預けて夜、働きに出るんですよ。一生懸命お金貯《た》めるじゃないですか。そしたらヤクザの借金取りが来るわけ。玄関先で「金返せー」っておらんだり（叫んだり）するんですから。

母は死ぬことばっかりを考えるようになるんです。仕事が終わって、明け方私を迎えにいったら、太田川の河川敷に立ったり、宇品線の電車の線路の上に立ったりして。「何もせんでええんじゃ。このままじぃーっとここに立っとったら、この地獄《じごく》のような苦しみから逃れられるんじゃ」言うてね。いつ死のうかと思っとるような時に、仕事仲間の人から、創価学会の話を聞いて、折伏されるんですね。でも母も無神論者だから「ちょっとあなたここへお座《すわ》り」って言って目の前に座らせてね、とうとうと宗教の話をしたそうですよ、母は。自分がやった宗教のこと、全部話して、だから私は信仰なんて絶対にやらないって言い切ったんですって。

で、その方いい方だったんでしょうね。黙ってずーっと母の話を最後まで聞いてくれて、最後にね「でもあなたはこの創価学会だけはやったことないでしょ」って。「そりゃやったことないよ。初めて聞いたけえ。でもおんなじでしょ」って言ったんですって。そしたら「違う」ってね。「あなたがやってきたどの宗教とも違うんだ」って。運命とか宿命とかいう、人間の努力ではどうしようもないものを変えるすごい力がこの宗教にはあるんだっていうことを言い切るわけですよ。必ず幸せをつかめるって。今のこの人生の中で幸せになれるんだっていうことを言い切るその確信で、すごく母は惹《ひ》かれたんですって。宿命転換とかいう言葉にね。

それでじゃあ一カ月だけやってみるって入って、うちの娘が元気になるようにってことだけを祈ったんですって。その母が入って一カ月の間、それまでずーっと毎日だいたい四〇度くらいの熱を出してたんですけど、一回も熱を出さなかったっていうんですよ。別に医者を変えたわけでも、薬を飲ましたわけでもなんでもない。で、私が一日も熱を出さなかったって、もしかしたらこれはすごいのかもしれないって思って、一カ月後に私と父が入会するんですよね。いろんなことがあったけど、学会に入っていたから、私たちは生きてくことができましたよね。そうでなければ、たぶん私は生きてなかった、母と一緒に自殺をさせられていたのか、病気で死んでたのかは別にしてですね、今こうしてることはなかっただろうなぁ、と思うんです。

育てのおばあちゃん

思い出してみると、中学三年の時だったかなぁ、中学生文化新聞の作文コンクールで、入賞したんですよ。〝原爆記念日に思う〟ってタイトルで。子どもなりにいろいろ考えてたんですね。

私の母（吉田祥枝《さちえ》・当時十一歳）の両親、私にとっておじいちゃん（高田順一・当時四十六歳）とおばあちゃん（高田重子・当時四十歳）は原爆で亡くなったんで、母を引き取って育ててくれた母の叔母（吉田照子・当時三十七歳）が育てのおばあちゃん。その照子おばあちゃんから、聞いた話なんですが。彼女は結婚して鉄砲町（爆心地より一キロ）に住んでて、いつものように自転車で仕事に行く主人（吉田正・当時四十一歳）を送り出したんですね。そのあと、トイレに入っている時に原爆が落ちた。で、「家に爆弾が直撃《ちょくげき》したー、助けてー、私の家に爆弾が落ちたー」って叫んだそうですよ。家が崩《くず》れ落ちたわけでしょう。

　家は全部崩れたんだけど、トイレの上の屋根はひどく崩れなかったんですよ。で、埋《うず》もれたんだけど「助けてー」と叫んでたら、〝ぽこっ〟て開いたんだって、上が。それで無傷に近いような状態で、家から這《は》い出たそうなんですよ。安佐北の奥（当時・口田村、矢口）に実家があったんで、そこへ一生懸命逃げたんですよ。その間にあの地獄絵図……。

　川で水を飲みたいと川岸まで行って倒れてる人とか、皮膚《ひふ》が全部なくなってる人をいっぱい見たりとか。船着場《ふなつきば》に何人も渡してもらおうと思って人がいたんだけど、胸がぼっこり、えぐれてだらぁんと垂《た》れて、血が噴き出してるような人が乗ってきて「当たらんでつかあさい、痛いんですけぇのぅ、当たらんでつかあさい」と言いよられたとか。

　その時は何を見ても、聞いても、何に触れても、もう何も感じなかったって。命からがら、実家までもどって。で、彼女の主人は自転車ごと飛ばされて、ひどいやけどだったんですって。それでも、妻が心配で家に帰ってきて「照子ー、照子ー」って、瓦礫《がれき》の中で叫んでたら、近所の人が「奥さんは元気だと思いますよ」ってね。安佐北へ、そのまま行けばよかったのに、一回もどって、いっぱい叫んで探し回って、黒い雨にもあたったりしたわけですよ。帰って、二日目か三日目に亡くなったそうです。

私が高校生の時、『私が聞いたヒロシマ』っていう体験記を出すってことで、照子おばあちゃんに原爆の聞き取りに行った時にはね、思い出したくないし、しゃべりたくないって言ったんですよ。じゃけど、「おばあちゃん、これは後世《こうせい》のために残す大事なことじゃけ、言うて」って。それから言ってくれたんが今の話なんです。

原爆孤児となった母

母の両親。私にとっては本当のおじいちゃんとおばあちゃんが、鉄砲町で大きな呉服問屋で手広く商売してたんですよ。建物疎開《そかい》で田舎へ行きなさいって言われて、従業員さんたちを皆、解雇《かいこ》して商売も縮小して、おじいちゃんもおばあちゃんも一家そろって安佐北へ引き揚げたんですよ。その日に限って仕事が広島市内にあって、おじいちゃんは朝一番で、鉄砲町へ行ったんですよ。

で、帰っていく途中で忘れ物をしたのを思い出して、人に頼んで、おばあちゃんに忘れ物を鉄砲町へ持ってきてくれって。で、おばあちゃんは忘れ物を持って、おじいちゃんのあとを追って行ったんですよね。で、おじいちゃんはその店で被爆。大やけどで真っ黒こげで戸板に乗せられて運ばれて帰ってきたんです。で、おばあちゃんは、広島駅を降りたとこで原爆にあった。建物の影になったのか、火傷《やけど》はしてなくて元気に帰ってきたんだけど。

　おじいちゃんが二日目か三日目に亡くなって、お葬式出して、おばあちゃんはその時はまだ元気で、そのあとから、原爆症が出だして、髪の毛が抜けたり、血を吐いたり、紫の斑点《はんてん》がでたりして、一カ月位後に死んだのかな。

　で、母は裕福な問屋のお嬢さんで、何不自由なく暮らしてたのに、両親がわずかの期間に原爆で死んじゃったでしょ。安佐北に疎開していた母は小学五年生で、原爆孤児になるわけですよねぇ。そっから母は、ものすごい苦労をして。

生きる希望を求めて

母は親戚《しんせき》に預けられて。せちがらい親族関係の中で、人間の表と裏を見せつけられるような目に何回も遭って。それまでちやほやされてたのが、一挙に邪魔者《じゃまもの》扱いですよね。やっかいもの扱い。すごく傷ついたんですよ。

　で、小学五年生でいろんな宗教に、凝《こ》るんですね。変わっとるでしょ。だってお友だちのお父さんやお母さんみんな元気にされとるわけです。みな疎開しとったから。わざわざ自分の父だけが、広島に帰って死んだ。で、その時によりにもよって忘れ物をしたからって呼んだがために、母親も原爆で死んだ。なんでうちの両親だけ、人殺ししたわけでも、泥棒《どろぼう》したわけでもない、まじめに生きとったのに、真っ黒こげで死んだり、髪の毛全部抜けて紫になって死んだりせにゃあいけんのか。むごたらしい死に方ですよね。

感受性の強い年頃の女の子にとっては、ものすごくショックですよね。で、その運命とか宿命とか、業《ごう》とかに思いをはせるようになったようで。宗教をやるわけです。

もういろんな宗教をやるわけです。しかもやるとなったらとことんやるんですよ。決めたら命がけの母ですから。でも、全部おんなじだったって。質問を中心者にぶつけると、言い方に差はあるけれども、要は死んだら幸せになれるとか、そういうものは宿命なんじゃけあきらめんにゃしかたがないとか、とにかくこれを唱えとったらいつかは幸せが訪れるとかですね、母が求めているようなものとはおよそかけはなれた宗教だったわけですよ。

で、十種類以上やったわけですから、命がけで。もう母は頭にきてね、最後もう全部お金が目当てでしょう、宗教ってね。無神論者、無宗教者になるわけですよ。信仰なんて人間に必要ないって、人間は努力と信念で幸せを自分の力でつかむもんだって。

一生懸命勉強して、一流企業に就職を勝ち取って、それで父（吉田勇）と結婚して、私が生まれて、狭《せま》いながらも一軒家も購入して、父が始めた商売も繁盛《はんじょう》して、何不自由なく幸せな生活になったわけです。で、これが夢にまで見た幸せというものだ、人間努力すれば夢は叶《かな》うんだと思った矢先ですね。私が未熟児で生まれたばっかりに、仏法との出会いがあり、現在があるんですねえ。

視野広げる機会を幾つも

『もう一つの被爆碑』っていう朝鮮半島の人たちが、広島に強制《きょうせい》連行されて被爆をしたっていう本を出版する時、創価学会の女性平和委員会メンバーだった私も、聞き取りをさせてもらったんですね。原爆受けた人たちって、ホントに悲惨《ひさん》なんだけど、広島に無理やりつれてこられて、強制連行されて被爆した韓国の人たちはもっと悲惨だったんだなあって。それも、平和運動に携《たずさ》わってはじめてナマで教えてもらったし、『沖縄戦と住民展』をやったときも創価学会の女子部だったんで、取材のメンバーだったんですけど、沖縄戦は、原爆は落ちなかったけど、島ひとつがもう本土の犠牲《ぎせい》になって焼け野原になって、みんなが自決したりね。沖縄戦の勉強なんて、したこともなかったたし、韓国の人たちがそんな悲惨な目にあってたなんていうのも知らなければ、きちんと教えてもらったこともなくて。

知って愕然《がくぜん》としたわけですけど、それも、ありがたいことに女性平和委員会で学ぶことができたり、直接会ってお話聞くことができたりして、それですごく自分の視野が広がったなぁって感謝してます。

平和運動の継承

広島県青年部が主催してずっと続けている「平和のための広島学講座」があるんですが、一九八九年四月に広島女性史研究会代表の北西英子さんを講師にお招きしたことがあるんです。ものすごく胸打たれた話だったんです。

「原爆タブーを強いたプレスコード下の占領期、昭和二十四年、広島県下から二千人が集い平和婦人大会を開き、敢然《かんぜん》と〃再び原爆は許さない〃との平和宣言を採択《さいたく》した、画期的な広島の女たちの歴史があります。日本の平和運動は、昭和二十九年のビキニ被災を機に原水爆禁止の署名に立ち上がった杉並の母親たちからとされますが、日本で最初に立ち上がったのは、広島のお母さん方なのです。と同時に、戦前、良妻賢母型の教育を受けた広島の女性たちが、積極的に戦争に加担《かたん》した歴史も、深く心に刻んでおかねばなりません」と。

日本で最初に立ち上がったのは、広島のお母さん方との歴史は誇るべきことですよね。その流れを受け継いでいかねばならないなって。二〇〇二年十月に「平和の文化と女性」展が、広島池田平和記念会館でありまして。これは九九年に国連で決議された「平和の文化に関する宣言」を踏まえたもので、「〝平和の文化〟とは」「女性が築く〝平和の文化〟」などの章を立てて、写真や解説パネル、物品資料もたくさんあって、わかりやすい展示だったんです。そのオープニングセレモニーで、若い女性がメイン、表になって、運営、企画、進行、挨拶《あいさつ》をしたんですよね。「創価学会は違う。こんな若い人がね、中心になって頑張られて、それをベテランの方がサポートされてる。次の時代に運動の流れが継承《けいしょう》されているっていうのを見て、感動を覚えます」っていうふうな挨拶をね、された来賓の方がいらっしゃったんですよ。「創価学会の女性平和運動の流れは盤石《ばんじゃく》ですね」って「心強いですね」って言われて、それを聞いてて、まあうれしいって思ったんです。

広島の女性が先駆を走ってる、この流れは止めることなく続けてもらいたいし、いかねばならないなと思っています。それと教育の大切さを痛感しますね。

私の母は平成十年に六十三歳で亡くなったんですけども、あの中三の時の作文の中に書いた母の言葉。「父母会や運動会の時でもね、私だけ両親がおらんで、すごく悲しかったんよ。運動会の時なんか、友だちはみんな、お母さんたちといっしょに仲良くお弁当食べとるのに、私だけ、だれも来てくれんでねえ。『なんで私だけ、こんなみじめな思いをせんにゃあいけんのんじゃろう』そう思うてね」。

私の子どもは今一番下が五歳、あと小学四年と五年生。今にして思うんです。母はどんなに寂《さび》しかったか。私の子どもたちがもうちょっと大きくなって、ある程度、理解できるようになったら、必ず話をしたいなぁって思って。世界の平和のために力を尽くしていく人になってほしいんだっていうことを一番言いたいんですけどね。

平和運動の継承は、親から子、子から孫へ心が伝わって、信頼関係ができてるかどうかということが、すごく大事だと思うんです。

民衆の側に立つことの出来る力を

若い人たちに言いたいこと。それは、ほんとうに民衆の側に立つことが出来る力を、身につけてほしいってことです。虚像《きょぞう》の時代はもう終わった。権力による強制《きょうせい》とか、表面の人気だけでは動かない、そういう時代に入った。民衆はだれがほんとうに、自分たちのことを考えてくれてるのか、ちゃんと見抜いているよと。これが僕の今のメッセージですね。

松浦　節
東京都国分寺市
まつうら・たかし
昭和八年、広島県生まれ。同三十年、広島大学教育学部高校国語科卒。静岡県立富士高等学校、静岡高等学校国語科教諭を経て、同四十九年、創価高校国語科教諭。同六十年、創価高校副校長。平成元年、創価中学校校長。同六年、定年退職。同十四年「伊奈半十郎上水記」で、第二十六回歴史文学賞受賞。著書に、高校演劇叢書第三十四巻「松浦節脚本集」（昭和六十一年、門土出版）、「伊奈半十郎上水記」（平成十四年、新人物往来社）。日本文藝家協会編「代表作時代小説49平成十五年度版」（光風社出版）に「伊奈半十郎上水記」が十六編の一編として収録された。

今、最大の総仕上げに挑戦

静岡県立富士高校の教師になったのが、広島大学を出たての二十二歳。富士高で十一年、静岡高校に移って八年。それから創価高校へ行って二十七年。とにかく生徒第一に、生徒と共に走り抜いた教師生活でした。一昨年（二〇〇一年）、六十八歳で創価学園を完全退職した時、創立者池田先生から、「長い間、ほんとうにごくろうさま。体を大事にして、最大の総仕上げの人生を生き抜いてください」と言われました。今、最大の総仕上げの人生に、挑戦《ちょうせん》しているんです。

教師現役の間は、小説は一行も書きませんでした。小説を書くという心の傾きを、私に許すほど、青春真《ま》っ只《ただ》中の生徒たちはおとなしくなかったし、戦いの連続でした。文芸部の顧問《こもん》を十年、演劇部の顧問を二十一年やりました。演劇部のために七本の脚本を書きましたが、昭和五十三年上演の「多摩川の水」という脚本が、二十数年後、小説を書く遥《はる》かな遠因となっているんです。

この脚本の拠《よ》り所《どころ》とした通説が誤っていたことに気付き、退職したら玉川上水の真実を世に問うぞ、と生徒に約束したんです。約束を果たそう、教え子たちの激励になるならばと頑張り抜いたところ、小説家になっていた。教員を四十六年もやって退職したら、よぼよぼになってしまうと言われますが、突如《とつじょ》、全く新しい人生が開けた。少年時代に夢見て、教師になった途《と》端《たん》に断念した小説家の人生が待っていたというわけなんです。

民衆の側に立つことの出来る力を

江戸時代のことを小説にと僕なりに今苦心してるんですが、その中で若い人たちに言えるとしたら、それは、ほんとうに民衆の側に立つことが出来る力を、身につけてほしいってことかな。虚像《きょぞう》の時代はもう終わったよ、権力による強制《きょうせい》とか、表面の人気だけでは動かない、そういう時代に入った。民衆は、だれがほんとうに自分たちのことを考えてくれてるのか、ちゃんと見抜いているよと。これが僕の今のメッセージですね。

関東郡代《ぐんだい》の農村経営の根拠地、赤山陣屋があった埼玉県川口市で、「関東郡代伊奈サミット」が九〇年代から毎年ありまして。僕は玉川上水の話を書きたい一心で、聴講生になったんです。民衆の側に立って生き抜いた官僚もいたということに、感動して勉強を始めた。そして、史料を読んでは現場に何度も足を運び、数年かけて、玉川上水の成功は、関東郡代伊奈忠治《ただはる》・忠克《ただかつ》父子の苦闘《くとう》なしにはあり得なかったと確信しました。

東京都水道局が制作した「玉川上水」のビデオは、杉本苑子の有名な小説「玉川兄弟」がもとですから、兄弟は二度失敗したことになっている。幕府から六千両しかもらっていないから、家屋敷売って三千両作って、僕の主人公、伊奈半十郎は責任取って切腹《せっぷく》したとされている。杉本苑子の小説も通説に沿っていて、みんなこの通説を信じている。ところがこれが大変なまちがいだった。

なぜ、そういうことになったのか。江戸学の泰斗《たいと》である三田村鳶魚氏が、通説のもとになっている「玉川上水起元」という史料を発掘してこれを根拠《こんきょ》に、「玉川上水の建設者安松金右衛門」という論文を昭和初期に発表します。

どういう状況下で、この「玉川上水起元」という史料は書かれたのか。松平定信の「寛政《かんせい》の改革」に関係してくる。寛政五年に、定信は隠居《いんきょ》し、次の老中松平伊豆守信明が政権に就いて、その信明も失脚《しっきゃく》しそうになる。その時に、松平家先祖の信綱様はえらかった、玉川上水の二度の失敗を、安松金右衛門を登用して救ったと幕閣《ばっかく》の中に宣伝する必要があった。そうした策略《さくりゃく》を背景にして書かれた史料で、僕も最初は信じられなかった。

松平信綱、知恵伊豆は表に出る人。関東郡代伊奈半十郎は、幕府の縁の下の力持ち、表舞台に立たない人。だが、この人がえらくなければ、幕府が成り立たないという土台の部分ですね。

関東郡代伊奈氏代々は、江戸幕府二百六十五年のうち、百八十九年を主として農業経営の面で支《ささ》え続けたが、第十二代伊奈忠尊《ただたか》の時、松平定信によって改易《かいえき》させられている。玉川上水建設の史料は意図的にほとんど残されていません。少ない史料の中から明らかにするしかない。僕の小説は、それを目指しているわけです。

政権の中にいて、なおかつ民衆の側につききって、政治を動かしていく、そういう人がいたんだということ。しかも、表に立ったんじゃなくて、裏に徹してやっちゃった。こういう人が、好きなんですよ、僕は。

一番の根本は、民衆はばかじゃないということ。広島人として一番強く思っていることは、民衆を苦しめるものに対する怒りですね。埼玉県と茨城県に「伊奈町」があります。静岡県の御殿場に伊奈神社がある。各地に伊奈氏をあがめる人々がいる。この人たちが言いたいことは、民衆の味方になった代官がいたんだよって。民衆はばかではない。代官と言えば悪代官、決してそんなことはない。誠意と実績を貫かなきゃあ、民衆はついてこないんだっていうことなんですね。

この人たちも僕の次の小説を待っている。だから書かないわけにはいかない。また僕を小説に向かわせる根源のところには、生い立ちからくる戦争の悲惨《ひさん》さへの怒り、それに今の政治への批判がある。

生い立ち、少年戦士、大学時代

生まれたのは広島県の中国山地の奥、三つの川が合流する三次《みよし》。昭和十八年、十歳の私を連れて臨月《りんげつ》近い母は、中国大陸北東の都市・済南《さいなん》に渡りました。父はこの街の大きな印刷所の工場長。母は弟を産んでここで亡くなりました。三十三歳でした。翌十九年、父は弟を背負い、私は母の遺骨を胸に抱えて帰国した。戦時下の山海関を北に越え、奉天《ほうてん》（審陽）から南下して鴨緑江を渡り、朝鮮半島を縦断して釜山《プサン》に達する長い旅でした。そして、僕は三次の祖父の家に預けられたんです。

昭和二十年八月六日。その日、広島市から約六〇キロ離れた三次の十日市にいて、八時十五分は朝礼の時間で、運動場に整列して校長の訓辞《くんじ》を聞いていた。脚にはゲートル、右の腋《わき》の下には鎌《かま》を挟《はさ》んで。授業はなく、勤労奉仕で農家の草刈りをするんです。十日市の尋常《じんじょう》小学校高等科一年生、勇ましい気分の十二歳の少年戦士だったんですね。

雲の奥で稲妻のような閃光《せんこう》が光った。あれっ。音もなんにもしない。空を仰ぐと、何の変わりもない青空。昼過ぎ、草刈りをしていると、三、四センチ四方の焼け焦げた紙片が、時折舞い降りる。市役所の土地台帳のような薄い紙なんですね。曇っている高い上空から、時折ひらり。忘れた頃にまた、ひらりと夕方まで降った。

夕方から大騒ぎになりました。貨物列車で怪我人《けがにん》がどんどん運ばれてくる。恐怖に凍《こお》りついて、かっと見開いた放心した目、絶叫《ぜっきょう》、すすけた肌《はだ》にしたたる血、ばたばたと倒れて、すぐ息を引き取る人もあるという状況は、町の人たちを震え上がらせました。

昭和二十三年から、広島市に住みました。我が家のバラック建ての印刷工場は、本当の地面よりも一メートル上の瓦礫《がれき》の層の上に建っているというありさまだった。昭和二十六年に広島大学に入学して、戦争を根絶したいとの思いから、学生運動に傾倒した。峠三吉らと詩を書き、被爆者にも詩を書いてもらって原爆詩集「原子雲の下より」を出そうと奔走《ほんそう》した。原爆の貴重な写真を集めて、第一回原爆写真展をやった。ガラスがまだ入っていない、コンクリートだけの原爆資料館の下でやったんです。説明文や峠三吉の詩を、畳一畳《たたみいちじょう》程の大きさのパネルに何枚も書いていくことが、当時の僕の生きる支えになっていました。

昭和四十年に、冨士高校の演劇部のために「生き残るものへ」という脚本を書いたんですが、生き残った者が築いた日本はこれでいいのか、戦後二十年にして白血病で死んでいく青年はどのように生き、何を生き残る人に託《たく》すのかを問うた作品です。

この中での灯籠《とうろう》流しの場面は、大学時代にアルバイトで経験したことです。八月六日の朝から、原爆ドームの下、元安川の河畔《かはん》で友人と二人で、遺族の注文書に従って、赤や緑の灯籠に筆で文字を書くんです。亡くなった一家の、姓名や没《ぼっ》年齢を並べて書くのが多かった。みんな八月六日が命日。八時十五分とは、なんと残酷《ざんこく》な時刻か。父は母は祖母は、どれほど半狂乱になって我が子や孫たちを捜し求めたか。一緒にアルバイトをした友も、両親を失い右の耳から腕にケロイドがありました。彼は卒論を書いているさなか、白血病で死んでいきました。

三歳の娘が命懸けで導いて

入信は昭和四十年。マルクス主義に傾き、日教組の組合の分会長をやっていた僕ですから、生やさしいことでは入信しません。長女が三歳の時に、死にそうな病気になって、命懸《が》けで我が家を信心の世界に導き入れました。

高熱が続き、ついには黒い便が出るまでになり、死の影に怯《おび》えました。この時、妻が御本尊をいただき、必死に祈り、医者を代えました。「これは自家中毒ではない。泉熱という猩紅熱《しょうこうねつ》の変形の病《やまい》です」と診断した医者の適切な処置もあり、僕が懸命に題目を唱えると娘の脈がつながり、回復していったんです。感謝の題目は唱えたが、一年間、抵抗しました。しかし、勝負はついていました。

妻の生活態度が変わり、僕の方は、ぴりぴり苛立《いらだ》つ精神生活です。夫婦喧嘩《げんか》が成立しなくなった。灰皿叩《たた》きつけるような喧嘩も軽く笑っていなされて、八方塞《ふさ》がりの僕のすさんだ精神に対して、妻の方は順序よく皿を積み重ねるように手際よく仕事が片づいていく。座談会の連絡に来る壮年の方のゆったりとした人間性の深さに較《くら》べて、僕は何という荒れ果てた精神であることか。参りましたと両手をついて、一年後の昭和四十年、僕は入信したんです。

海外七カ国・五十都市の教育視察へ

その後、静岡高校に移り、昭和四十七年に海外教育視察に行ったのですが、きっかけは学会の座談会でした。七夕《たなばた》の短冊《たんざく》が配られて、将来の夢を書こうということになりました。僕は「海外教育視察。三十代のうちに」と書きました。皆さんの前で、言い切ったのだから頑張らないわけにはいかない。

静岡新聞社が、海外教育視察団の選考に「私の育てたい青少年像」というテーマで論文を募集していた。折から、連合赤軍が浅間山荘に立て籠《こ》もり、警官隊が突入し、死者が出る。赤軍の若者たちも仲間を幾人も殺害して埋めていたことが発覚した。これらの映像に日本中が釘付《くぎづ》けになっていました。

なぜ、こういうことになるんだ。僕の育てる青少年はいかにあるべきか。僕は祈っては書くという中から、三本の柱を発見しました。すなわち僕の育てたい青少年とは、①「生命の尊厳《そんげん》を確信する青少年」、それから、②「思想の高低を見分けゆく青少年」、最後が、③「無限に個（個性）を開きゆく青少年」と。この三本柱を、連合赤軍事件の報道を見ながら、祈って見つけ出して、書きました。

この三本を柱に論文を書き上げ、視察団五人のうちに選ばれたんです。視察は四十五日間。当時共産圏であったハンガリーを含む欧米七カ国、五十都市の教育現場を視察して、自ら写真を撮《と》り、記事を書いたんです。記事は連日、五十日間、顔写真入りで連載されました。三十代最後、三十九歳でした。その翌年の四十九年、僕は創価学園から呼ばれ、勇んで学園に駆けつけたんです。

萩、広島を巡った出発点は横浜

平和教育といえば八七年から数年、創価中学校三年生は修学旅行で広島と萩を巡りました。中二のとき、横浜の三ツ沢競技場に行くんですよ。中三となり修学旅行に行く子どもたちの耳には、戸田先生の声が響いています。昭和三十二年九月八日、「原水爆をいずこの国であろうと、使用したものは、悪魔であり、魔物である」との、あの横浜・三ツ沢競技場での「原水爆禁止宣言」(注1)の、当時そのままの戸田先生の叫びが、響いているわけです。

最初、三ツ沢競技場に行った時、三十二年当時に高校生でその大会に参加した杉本芳雄副校長がいて、「僕はここにいたんだ」と叫びました。当時の古ぼけた写真を事務室から借りてきて、当時はこうだったんだ、戸田先生はここに立たれたんだと中学生に語りかけた。そうして戸田先生のテープを、聴かせました。競技場のスピーカーで。スタンドに座る二年生全員に向けて。

「原爆の使用者は悪魔だ、この思想を全世界に広めよ、私の遺訓《いくん》として諸君に託す」との戸田先生の言葉が中学生の胸に響きました。涙を流す者もいる。池田先生は、戸田先生のこの声を聞いて、世界の原爆をなくすという誓いを立てたんだと思った。今も燃えてる核の火を将来永遠に消すのは、我々なんだという決意を、中二の時にするわけです。戸田先生の叫びが三十数年の時を超えて、これほどまでに中学生の胸を打つことに、僕自身、感動しました。

当時の世界情勢とか、「原水爆禁止宣言」の意義、池田先生はどう受け止めたかなど、生徒自身が議論し合い学習してきています。だから、神奈川文化会館での平和集会では、そうした個人発表がぱっぱっとあって、それから、すごい勢いで「長編詩」の暗誦《あんしょう》が始まるわけです。感動されてね、地元の方が。

広島でも同じでしたね。広島の友への長編詩「平和のドーム　凱旋《がいせん》の歌声」を暗誦し、詩の一部を歌詞にした愛唱歌を歌った。広島では宿泊先で、被爆者の方から貴重な体験をうかがう機会も作らせていただきました。

萩に行った時は、子どもたちが海に向かって叫んでいました。「吉田松陰を超えるぞ」「世界へ飛び出すぞ」と。生徒が一番感動したのは、吉田寅次郎、後の松陰がいつも見ていた海。こっから見て海の向こうの世界、その中の日本ということを、彼は考えたんだと感じとる。そういう場所に、行って見せるのがポイントの一つなんですよね。

もう一つは、松下村塾の柱に残っている刀の傷。師匠を殺され、弟子が怒って作った刀傷。自分だったら、師匠の死を知って、どう思うか。中学生の感情なんですね。

あれから十年以上経ちますが、横浜、萩、広島は自分の大事な原点という声は今でも聞きます。学園生が各界あらゆるところで、有為《ゆうい》な人材に育とうとしている姿には、ほんとに感慨《かんがい》深いものがあります。どこまでも民衆の側に立つことの出来る力を身につけ、時代を創《つく》り、世界を変えていくことに挑戦してほしいと強く思います。

被爆二世として

被爆二世アーティストの挑戦

ピカソの「ゲルニカ」の絵が、死の恐怖《きょうふ》におびえる民衆の心に勇気を与えたように、また、二十世紀を代表する写真家のロバート・キャパが戦争の写真を通して平和の闘《たたか》いをしたように、二十一世紀に生きるアーティストにとって、これからの平和創造への挑戦《ちょうせん》は、大いなる仕事かも知れません。今この時代に生きる一人の青年として、私もこの闘いに挑戦してまいります。

田中　勝
広島市西区
たなか・まさる

現代美術・映像作家。一九六九年、広島市生まれ。同年、創価学会に入会。一九九二年、東京造形大学造形学部卒。在学中、実験映画、ビデオ・アート、写真を学ぶ。卒業後、愛媛県双海町在住の彫刻家・堀内健二のアシスタントを二年間勤める。国内外の個展およびグループ展にて多数作品を発表。清里フォトアートミュージアム等にコレクション。一九九五〜二〇〇〇年、堀内環境造形研究所東京事務所およびグローバル・カルチャー・センター本部の事務局長を務め、その後フリーランスとなる。二〇〇一年より、NPO法人「芸術家と子どもたち」の講師として、小学校等の芸術特別授業に携わる。

米国在住の画家・ベッツィとの出会い

私は一九九八年の春、サンフランシスコでの国際美術展に参加するため、アメリカを初めて訪れ、その中で、自分の生い立ちなどを話す機会がありました。私は広島出身とあって、原爆に関する話をと思いました。幼い頃に、祖父母から、私の通っていた己斐小学校の校庭には、原爆で亡くなった方の骨がたくさん埋まっていると聞いていましたが、それが本当の話なのか、父に電話で確認しました。父が被爆者と知っていましたが、被爆体験を詳《くわ》しく話してくれたことはありませんでした。父は、電話口で初めて自分自身の被爆体験を、語ってくれました。

八月六日の夏の朝、四歳だった父は、爆心地から三キロ地点の己斐西町の自宅前でセミを取っていました。その時、ピカッと光り、「おかあちゃん」と泣きながら家に帰ったそうです。家の前の小さな川を、体に火傷《やけど》をした人たちが苦しみながら、上流の方へ上流の方へと歩き、その先にある己斐小学校の校庭で力尽き、バタバタと死んでいったそうです。仮設《かせつ》の火葬場となった校庭では、八〇〇体（二千三〇〇体以上かとの最新報道も）に及ぶ死体がそのまま燃やされ、埋められたとは本当の話でした。父は、放射線影響研究所（元ＡＢＣＣ）へ、定期的に呼び出され、研究対象となったそうです。モルモットのようだと言っていました。父は、母にも被爆体験を話したことはありませんでした。また、今でもアメリカ人を怨《うら》んでいると言っていました。

私がスピーチをしたサンフランシスコの会場に、〝平和のために何かなさなければならない〟ことをアーティストの使命として活動する、サンフランシスコ在住の画家、ベッツィ・ミラー・キュウズがいました。ベッツィは、サンフランシスコのアートコミッティのディレクターを務め、画家として多くの公共壁画を手掛けています。

ベッツィは、一九四五年一月、あの原子爆弾研究のマンハッタンプロジェクトが行われたアメリカ・ニューメキシコ州ロスアラモスの地に生まれ、父親は、当時、原爆製造の研究生としてこのプロジェクトに携わっていました。そして、彼女が生まれて約半年後に、広島、長崎に原爆が投下され、彼女の父親は、彼女が生まれていなかったら、原爆投下機〝エノラゲイ〟の後方に搭乗《とうじょう》する予定であったといいます。ベッツィは、物心ついたときに父親の仕事を聞き、とてもショックを受けたそうです。

その後、芸術家として活動する中でも、ベトナム戦争で後遺症をおった人へのアートセラピーを行うなど、平和に貢献できることを願っていましたが、心の中にずっと重いものを感じていた彼女は、私との出会いによって、言い知れぬ想《おも》いに至ったそうです。それは、被爆者の父を持つその息子が、平和を考えているということだけではなく、今厳然と、元気に生きているという、何にも変えられない心の感動だったようです。

ベッツィの父親は、晩年、ノートルダム大学で、物理学の学科長として教鞭《きょうべん》をとりながら、学生たちに「科学は平和のために使われなければならない」といつも語っていたそうです。

それぞれに、原爆とかかわる父親を持つ私たちの出会いは、おのずと、平和に対する責任感とその意識において、共通の思いを抱いていました。彼女との出会いは、私自身の平和に対する使命感を呼び覚ますものでもありました。スピーチの後、ベッツィから「あなたと出会えたことが不思議です。一緒に展覧会をしませんか」という提案がありました。

心を写すことに集中

写真は撮影者の〝心を写し出す〟と言われます。一九九四年より〝レンズ付きフィルム「写ルンです」(通称、使い捨てカメラ)による作品制作を始めました。レンズの性能や露出《ろしゅつ》が一定の中で、自身が追究《ついきゅう》している〝心を写し出す〟ことのみに集中出来るからです。誰もが手軽に撮影できるカメラであることから、アートになりうるものは何か、との問いに挑戦出来ると考えたからです。

技術的、表面的な形態に終始してしまいがちな写真界と、芸術のダイレクトな感動がなくなった現代美術界への挑戦、アーティストの人間性が見えなくなったものへの批判でもあり、印象派のモネなどが求めた美を表現したいと考えました。

共同作品制作をスタート

私たちは一九九八年の十二月に、戦争を創造してきた過去の歴史を転換し、平和を創造する歴史を残すため、「平和の新世紀（Peace's New Century）」とのテーマで、共同作品制作をスタートさせました。制作方法は、私の撮影した写真とベッツィの描いた絵画によるコンピュータ・コラージュで、作品を制作します。また、この制作は、二人が一つのテーブルで制作を進めるのではなく、距離の離れたところで、テーマをいかに表現するかという課題に対して、Eメールによる手紙のやり取りをしながら、私は彼女のことを思い、また、彼女は私のことを思いながらと、東西の距離や空間を超えて作品が完成していきます。

国籍や文化の違い、男女の違い、世代の違い、写真と絵画という表現方法にと、さまざまな違いと、過去の対立した歴史を超えて、どんな困難な歴史があったとしても、私たちの作品は、〝平和を創造〟することが可能であることを、証明したかったのです。戦争の世紀・二十世紀末に「平和を創造することが可能であった」という事実を、カタチとして残したかったのです。

そして、その作品をもって、小学校などを訪問し、二十一世紀を担う青年に、芸術を通して、私たちの〝平和〟のメッセージを伝えながら、新たな「平和の新世紀」を創造したいと考えました。

東京から始まった「平和の新世紀」プロジェクトは、一九九九年九月、広島で作品展と学校プロジェクトを行いました。展覧会のため、広島を訪問したベッツィは、私の父に会うことが、とても恐かったそうです。展覧会期間中、あるテレビ局から、私の父にインタビューの申し込みがありました。五十年間、語らなかった父が、到底《とうてい》了解してくれるとは思いませんでしたが、説得に応じてくれました。その翌日、ベッツィは展覧会の会場で再会した父に、「お父さん、昨日は、テレビのインタビューにこたえられたそうですね。それは、本当に勇気のいることだったでしょう」と。アメリカ人を怨《うら》んでいた父が、このようなベッツィとの出会いによって、過去の傷跡《きずあと》が癒《いや》され、このプロジェクトの最大の理解者になりました。

命懸けの方に育てられてきた

日本でのプロジェクトに続き、海外での展覧会開催へ。一九九九年のサンフランシスコ展では、十二月七日の日本軍の真珠湾攻撃によって始まった太平洋戦争開戦の日に合わせて、国連発祥《はっしょう》の地であるサンフランシスコの現在、退役軍人施設であるベテランズ・ウォー・メモリアル・ビルディングで行いました。展覧会では、私たちのプロジェクトに対して、アメリカ・ホワイトハウスの大統領夫人より、祝福のメッセージが届けられ、また、サンフランシスコ市議会からは全議員の署名によって、この十二月七日を、私たちのプロジェクトの名前から、〝「平和の新世紀」の日〟と定める声明文が寄せられ、私たちのプロジェクトの平和創造は小さな行動から、次第に大きな共感へと広がっていきました。

このように、大きな反響を呼んだ陰に、このプロジェクトの成功に尽力してくださった一人の女性がいました。彼女は、弁護士の秘書の方で、自分の父親が、軍人としての戦争体験をもっており、平和のために何かしたいと、このプロジェクトに携わってくれました。しかし、私が展覧会前にサンフランシスコに入り、準備している間も、一度も彼女に会えずにいましたが、オープニングには駆けつけてくださり、自分の父親の話など、涙を流しながら話してくれました。展覧会も終わり、それから半年後、その彼女は亡くなりました。展覧会当時、私たちは誰も知らなかったのですが、彼女は末期ガンだったのです。その病身をおして、プロジェクトに尽力してくださったのでした。葬儀《そうぎ》の時、友人から「彼女が最後に成した大きな仕事が、平和のプロジェクトでした」と話してくださいました。そんな命懸けの方に、このプロジェクトは育ててもらってきました。

その後、海外でのプロジェクトとして、中国・マカオ、韓国・ソウルと開催しました。二〇〇〇年に開催したマカオ展では、その一年前に、ポルトガルから中国に返還された、東西融合の歴史を築き上げたマカオは、異文化共生の平和の都、「東洋のアテネ」といわれ、そのマカオの最高学府であるマカオ大学で、「平和の新世紀」プロジェクトを開催することが出来ました。また、地元の中高等学校とも交流させていただきました。

また、二〇〇三年二月には、アメリカ・アイオワ州の州都であるデモイン市で、「平和の新世紀」学校プロジェクト交流・講演会を地元の中学校で行うため、同市を訪れ、滞在中、市議会に招かれ、これまでの平和文化活動を称え、市長より「市の鍵」と「感謝状」が授与されました。

二十一世紀を韓国でのプロジェクトから

二十一世紀の始まりの年に、韓国から平和のプロジェクトを開催したいとの強い思いがありました。一九四五年八月十五日は、終戦記念日であり、韓・朝鮮半島の「光復の日（韓国・独立記念日）」であり、また、米ソ両国の冷戦により、同じ民族が分断へと向かい始めた日です。

韓国は、歴史的にも文化的にも、日本にとって文化の大恩人の国であり、アメリカ人であるべッツィにとっては重い意味のある日であり、世界で唯一《ゆいいつ》休戦状態にあるのが韓国と北朝鮮で、そこから、なんとしても平和を創造する闘《たたか》いを始めたかったのです。

二〇〇一年は、日本と韓国の間で、歴史問題などがあり、日韓交流中止が一〇〇件を超え、二十年以上続いた少年野球までもが、中断となっていました。そんな中、「平和の新世紀」プロジェクトも、小学校での交流会の中止・展覧会の延期・講演会の中止・多くのスポンサーの撤退《てったい》・自治体からの後援の中止との連絡がありましたが、「この時だからこそ、展覧会をやらせてください」とお願いし、最終的に展覧会と講演会を開催することとなりました。私たちはアーティスト以外の何者でもなく、政治家でもなければ、思想家でもありません。しかし、このような問題を含めて、イデオロギーの争いや権力に左右されない平和創造の場を創《つく》り出していけるのが、私たち芸術家の使命だと思うのです。

また、日本に対して過激な行動も報道される中、自分自身をさらけ出しながら、どんなことがあっても、私たちは平和を創造することを、やめないとの決意でいました。また、そのような中、プロジェクトの開催決定に至ったのは、写真家の友人の韓盛弼（ハン・ソンピル）氏の絶大なる尽力と、世界の歴史に残る報道写真を数々残し、ワールドフォトプレス賞も受賞している韓国のロバート・キャパと言われる高明辰（コウ・ミュンジン）氏をはじめ、多くの方々の深い理解と賛同によるものでした。

高氏は、一人でも多くの民衆に、この平和のプロジェクトのメッセージを伝えたいと強く思われ、ほとんどのマスコミが報道するよう尽力してくださいました。このメッセージは、日本文化の中断を採決した韓国国会にも届き、国会議長への表敬訪問となりました。議長が「あなたたちが、平和を創造する人だから、国会議事堂に招待したのです」と言ってくださり、約二時間半にも及んだ、芸術を通して行われた平和の語らいは、アジアの歴史にひとすじの光をもたらした、と報道されることとなりました。

八月十五日に行った講演会では、登壇してくださったキョンミン大学のチョウ教授は、「毎年八月十五日を迎え、私たちの歴史を振り返ると、怒り、悲しみが込み上げてくるが、今日、光復節を迎えるにあたり、日本人とアメリカ人と韓国の国民が一緒にいて、私が感動的な場所にいることを感じています」と。また、「この芸術の集いは、デモなどに比べると、ささやかに見えるかもしれないが、本物の平和を創《つく》り出しています」とも。

子どもたちの決意に涙流した父

二〇〇〇年に行った広島でのプロジェクトは、私の母校である己斐小学校の校庭で、戦後五十五年、初めての慰霊祭（ピース・メモリアル・セレモニー）として行われました。その前年、「平和の新世紀」学校プロジェクトでマサル＆ベッツィと交流した百六名の六年生の児童は、地域の人たちと一緒に犠牲者を慰《なぐさ》め、平和を祈ろうと企画。校庭にはベッツィにより、平和をイメージした巨大な絵が描かれ、その絵に沿って児童が自分たちで作った「ピース・キャンドル」が並べられ、児童たちの手で平和公園から運んできた「平和の灯《ひ》」が灯《とも》され、その校庭で亡くなった約八百名もの被爆者の方々をはじめ、原爆による被害者と、全《すべ》ての戦争による犠牲者の方々に祈りを捧《ささ》げました。このセレモニーでは、私の父と同じように、被爆体験を語りたくなかった被爆者の方々が参列してくださり、「私は、この校庭で焼かれた死体の臭《にお》いが未《いま》だに忘れられません」などと、語ってくださいました。

また、セレモニーでは、子どもたちが、「マサルさん、ベッツィさん、お二人からは、二十一世紀を平和の新世紀にしていこうとする考え方や生き方を学んでいます。ヒロシマの子どもとして、戦争や核兵器の恐ろしさや愚《おろ》かさ、平和の大切さを世界に発信し続けていきます。私たちは、身近な友だちや平和を願う世界の友だちと、よりよい未来が創れるよう、歴史のリレーランナーとして、これからもさらに深く学び、平和の創り手になるよう、努力することを誓います」と、決意を述べました。後ろの方で見ていた私の父は、この子どもたちの決意に、涙を流していたようです。

ＡＲＴ ＰＥＡＣＥを設立する

次世代に、二度と悲惨な歴史を繰り返させないためにも、この「平和の新世紀」プロジェクトを更に発展させ、また、被爆体験を継承《けいしょう》するため、二〇〇二年十一月三日に特定非営利活動法人ART Peace設立総会を開催し、法人を設立しました。

ART Peaceは、芸術によって被爆体験を継承する世界初のＮＰＯ法人であり、平和創造に貢献《こうけん》する芸術家の世界的な人材バンクであり、またART Peaceが成し得た財産は、子どもたちが心に描いた平和の感想文です。具体的には、国内外での学校などへ、アーティストを派遣《はけん》し、芸術を通して、平和を伝えるプロジェクトを行うことを大きな柱として、活動します。また、ART Peaceは、「平和の新世紀」と同様、平和を願う多くの人々によって、支えられています。平和の触発を行うことが、私たちの時代の挑戦であり、また、私自身、それが広島に生まれた子どもとしての使命と思っています。

私に平和の大道を歩むことを教えてくれたのは、父の被爆体験とベッツィとの出会いであり、創価学会の歴代会長の平和を貫いた人生であります。牧口常三郎初代会長は、第二次世界大戦に反対し、平和を貫いたが故に、投獄《とうごく》され殉教《じゅんきょう》されました。また、同じく投獄された戸田城聖第二代会長は、生きて出獄し、この世の中から悲惨の二字をなくしたいとの願いから、「原水爆禁止宣言」（注1）を提唱《ていしょう》されました。「核の抑止論」などというのは、幻想にしか過ぎないのです。そして、池田大作第三代会長は、常に、私たちに平和への闘争がいかに重要であるか、自身の人生を通して、教えてくださいました。なかでも、「芸術は平和の武器である」との二十世紀以前の芸術の歴史にはなかった概念《がいねん》を示してくださり、芸術家である私自身のなすべき道を見いだすことができました。

戦争を起こすのも人間であれば、平和を創造するのも人間です。戦争を起こす力を圧倒していける〝平和の力〟を、もっと多く創《つく》り出していける人生を貫いていく決意です。

「武力の時代」から「非暴力の時代」へ、芸術はどう貢献出来るのか。芸術には、不信を信頼に、対立を融和に変える魅力と人間の英知が凝縮する非暴力の勇気があります。ピカソの「ゲルニカ」の絵が、死の恐怖《きょうふ》におびえる民衆の心に希望を与えたように、また、二十世紀を代表する写真家のロバート・キャパが、戦争の写真を通して平和の闘《たたか》いをしたように、二十一世紀に生きるアーティストにとって、これからの平和創造への挑戦は、大いなる仕事かもしれません。

今この時代に生きる一人の青年として、私もこの闘いに挑戦してまいります。

希望を見いだす思想を広げていくこと

松浦光弘
東京都昭島市

核廃絶《はいぜつ》は夢物語だという認識は、無力感やあきらめ、絶望から来るものだと思います。だからこそ、核廃絶や世界平和のための戦いとは、そのあきらめの思想を打ち破ることであり、人間の精神の可能性を信じて、希望を見いだす思想を広げていくことではないでしょうか。それが、「原爆を恐れ」ない「大思想」に生きることであり、平和実現への行動であると思います。

まつうら・みつひろ
昭和五十二年、広島市生まれ。同年、創価学会に入会。平成十二年、創価大学文学部卒。同十五年、創価大学大学院（文学研究科社会学専攻日本社会文化論専修）博士前期課程修了。現在、株式会社ゼストクック勤務。

祖父母、母の体験

二十一世紀を「平和の世紀」「共生の世紀」としていくためにも、私たちは過去の教訓に学んでいく必要があるのでは。そして、本当に学ぶべきは、知識としての数字や歴史的事実だけでなく、体験に基づいたリアリティーなのだと思います。その意味で、私自身が、被爆者である祖父（中田新蔵　当時三十七歳）、祖母（中田キヨノ　当時三十歳）や母（松浦悦子　当時七歳）から聞いてきた体験や平和への願い、また自身が学び、受け継いできた思いなどを述べさせていただきたいと思います。

私がまだ小さかった頃から、祖父や母は折にふれて戦争の体験、原爆の話をしてくれました。最初に、私の聞いたそれらの体験を紹介します。

祖父は爆心地から二キロ離れた己斐東本町（現在は己斐本町一丁目）の自宅で被爆しました。ちょうど、出勤しようと靴を履《は》いたところだったそうです。木造二階建ての家が倒れてきて下敷きになり、約一時間かかって這《は》い出したときには、身体中から血が吹き出し、腕にはたくさんのガラスの破片が突き刺さってザクロのようになっていたと言います。

そのうちに、非常に激しい真っ黒な雨が降ってきました。その黒い雨は、人体に有害な放射能を含んでいたのです。

しばらくして、隣の家の二階から火の手が上がるのを見た祖父は、訓練した通り、バケツで水をかけて消火しようとしました。しかし、怪我《けが》のために腕は上がらず、一人ではどうすることも出来ませんでした。あたり一帯を「苦しい、助けて」と泣き叫ぶ声が包んでいたと言います。消防車がサイレンを鳴らしながら走ってきたので、祖父は声を上げて手を振りました。ところが、消防車は祖父にも目の前の火事にも目もくれず、そのまま通り過ぎてしまったのです。おそらく、その消防車はより被害の大きい爆心地へと向かっていたのでしょう。そんなことを知る由《よし》もない祖父は、ただ、呆然《ぼうぜん》として迫ってくる火を見つめていたのだそうです。

我に返って逃げ出したときには、家の裏を流れていた太田川には人や牛馬がたくさん死んでいたと語っていました。道を行く人の姿もこの世のものとも思われないもので、髪の毛はバラバラ、服もぼろきれのようになって裸に近く、両手にはただれた皮膚が垂れ下がって揺れていたそうです。

祖父は線路伝いに一晩歩いて、家族が疎開《そかい》している高屋町の親戚《しんせき》の家にたどり着きました。その親戚の家は、市内から汽車で一時間ほど離れた場所にあったため、母や祖母は直接原爆に遭《あ》うのは免《まぬか》れました。

疎開といっても、もともと祖母のお産のためで、出産も無事に終わり一カ月が経《た》っていました。原爆投下前日の八月五日、祖父が迎えに来たときに、本当なら母も一緒に帰る予定だったのです。それが、まだ七歳だった母は出発の直前に、一度乗った汽車から飛び出して「明日、お母さんと帰る」と泣き出して聞かず、疎開先に残ったのでした。もし、そのとき一緒に帰っていたら、母も原爆を受けて死んでしまっていたかもしれません。そうすれば、私が生まれてくることもなかったのです。

さて、家族の元に返ってきた祖父は体が弱って下痢《げり》が続き、髪も抜けました。母が言うには梅干しの壺《つぼ》に頭を突っ込むようにして、ただひたすら食べ続けていたそうです。

被爆から三日後の八月九日、祖父母は子どもを連れて一家で焼け野原となった広島に戻りました。直接原爆も受けなかった家族も、そのときに残留した放射能によって二次被爆したのです。

広島の自宅は、薬や化粧品、小間物などの店をやっており、油類も扱っていたために地下に貯蔵した油が一カ月間燃え続けていたのだそうです。それで、近所の焼け残った壁のない家に家族で居候《いそうろう》になりました。

母も家族とともに、市内に住んでいた祖父の兄を探して毎日町を歩き回りました。夜、手を引かれて歩いていると、周《まわ》り中《じゅう》、死体のリンが燃えて緑・橙《だいだい》・紫に光っており、恐ろしさに足がすくんだそうです。恐怖《ちょうふ》の中で、祖母の手を握り目をつぶって歩いたと語っていました。

そのうちに、母の両足全体にできものができて、そこからウジがわいてきました。這《は》い出してくるウジを箸《はし》でつまんで取るのが、母の一日の仕事になったのです。隣では母の兄と姉が、皮膚病にかかって、痒《かゆ》さでボリボリとかきながら薬を塗っていました。

また、母の学校の校庭では死体を集め、油を掛けて焼いていました。上級生は骨を拾って新聞紙で作った袋に入れて、大人・子どもと分けて下駄箱に並べたのだそうです。学校で授業が再開したのは三学期からといいますから、年が明けてから（昭和二十一年一月）ということになります。先生も死んでしまい、生徒も半数になっていました。教科書もないために自分で新聞紙に墨《すみ》で書いて教科書を作ったそうです。

当時、広島には七十年間草木も生えない、といううわさが広まっていました。それを信じた祖父は、昭和二十一年四月に、

「熊本には温泉とサツマイモがある。子どもを育てるには一番良い」

と、身寄りもない熊本県人吉市に土地を買って一家で移り住み、農業を始めました。しかし、素人《しろうと》にとって農作業はそう簡単なものではありませんでした。結局は挫折《ざせつ》し、仕方なく公園に

戸板をおいて、その上に駄菓子《だ》を並べて売っていたそうです。祖父母は、子どもたちを養うために朝から晩まで必死になって働いたのでした。熊本に移って六年経った頃に広島の復興を耳にし、母とその姉が結核にかかって薬もなかったために、広島へと帰ってきました。

その後も住宅難・経済苦・病状の悪化など、生活していくのは本当に苦労したと聞いています。

私にこのような話をした後には、祖父が押し黙って、不機嫌そうに横を向いてしまったのをよく覚えています。やはり、思い出したくないことや言葉にできない思いもあったのでしょう。それでも、折に触れて私や兄に話して聞かせ、時には小学校などでその体験を語ることもありました。話を聞いている私に、

「まだ、この腕ん中にガラスが入っとるんじゃ」

と、言って手首を触《さわ》らせてくれたこともありました。

実際に、祖父の葬儀の際には、腕のところにガラスが溶《と》けて固まっていました。その意味では、祖父も一生涯、原爆という出来事を背負って生きてきた一人なのだと改めて実感しました。

祖母からはあまり原爆の話を聞いた記憶がありませんが、常日頃から新聞の広告で折り鶴を折っては、それを平和公園へと持っていくのが習慣でした。普段、口にはしませんでしたが、

平和への思いは人一倍強かったのだと思います。

母は主婦として、庶民として

また、私の母は主婦として、一庶民の立場で自分に出来る平和のための行動とはなにかと問いながら、様々な形で平和を訴え、平和構築の運動に参画してきました。

言論の力で平和を訴えていくのだと聖教新聞の通信員として四十四年間、今でも現役で活躍しています。毎年、夏には原爆や被爆者についての取材を続けています。そのような中で、母は、様々な反戦出版物などの編集メンバーとしても活動しており、自《みず》らも戦争の恐ろしさ、平和の大切さを訴える作品を執筆《しっぴつ》しています。その中には、私が執筆を手伝ったものもあって懐《なつ》かしく覚えています。

私の通っていた基町小学校の児童とともに平和公園の碑《ひ》めぐりをして、自分の被爆体験を語り、平和の大切さを訴えたこともありました。PTA役員として平和の歌のコーラスに参加したり、読書会や平和を語る懇談会の企画運営なども行っていました。

近年では、母はアメリカのNGO、核時代平和財団の提唱した「核兵器の代わりにひまわりを」という運動に賛同し、その代表であるデイビッド・クリーガー所長からいただいたひまわりの種を、平和への思いを込めて自分の母校や近隣の小学校に贈呈《ぞうてい》してきました。ひまわりはその思いとともに小学校の児童たちが続けて育ててくれているそうです。

何よりも日常の生活の中で、肩肘《かたひじ》張らず自然体で人生の幸福について、世界の平和について周囲に語り続けてきたのが、私の母でした。

〝大思想は原爆を恐れじ〟

そんな母が先日、私に一冊の本を見せてくれました。そこには、「大思想は原爆を恐れじ大作」との揮毫《きごう》がありました。母が十七歳のとき、創価学会会長（当時）池田大作先生よりいただいたものでした。

それまで原爆症の影におびえていた母は、この言葉を励みとして自分自身の被爆体験やその恐怖を乗り越えたのでしょう。そして、この言葉を誇《ほこ》りとして自らの体験も、平和へ向かっての自身の使命と受け止めて、これまで生きてきたのだと思います。人間の思想・精神は、核兵器そのものを廃絶《はいぜつ》することができるとの確信で、母は現在も地道に活動しています。そんな母の姿に、一人の人を徹して励まして勇気を与え、目の前の現実を変革していく偉大な思想の力を感じずにはいられません。

核廃絶は夢物語だという認識は、無力感やあきらめ、絶望から来るものだと思います。だからこそ、核廃絶や世界平和のための戦いとは、そのあきらめの思想を打ち破ることであり、人間の精神の可能性を信じて、希望を見いだす思想を広げていくことではないでしょうか。それが、「原爆を恐れ」ない「大思想」に生きることであり、平和実現への行動であると思います。

次の世代に伝える使命感じて

私自身も広島で生まれ育って、今までに聞いた祖父や母の体験、受け継いだ平和への思いを次の世代に伝えていく使命があると感じています。広島には、原爆ドームをはじめ多くの原爆の惨状《さんじょう》を留《とど》めたものが残されていて、私もさまざまな機会に戦争の悲惨さ、平和の尊さを学んできました。

その中でも、最も強く印象に残っているのは原爆資料館の入り口の蝋《ろう》人形です。以前は、今よりも表現がどぎつく、焼けただれた半裸の親子の人形が、薄暗い館内の一角でそこだけ炎に照らし出されている様は、小学生になったばかりの私には怖《こわ》くて仕方ありませんでした。また、原爆によってうけた顔や全身の火傷《やけど》やケロイドが膨《ふく》れ上がった写真なども、気味が悪く直視することが出来ませんでした。

ほかにも、家の近くには「被爆エノキ」なる木がありました。その木は原爆で幹が真っ二つに折れ、残った幹も爆心地に面した部分が中心まで大きくえぐれて、ぽっかりと空洞になっていました。私の通っていた基町小学校では、児童がこの木を原爆の生き証人として守る運動をしていました。あるとき、被爆エノキが弱って「樹のお医者さん」を呼んだことがありました。その年の夏、大きな台風が来たため、ふと心配になった私は、雨の中を兄と一緒に様子を見に行きました。柵《さく》の中に入って触ったエノキの感触《かんしょく》が、まるでスポンジのように柔らかかったのを今でも覚えています。

千羽鶴で有名な、原爆の子の像のモデルとなった佐々木禎子さんは幟町中学校の先輩に当たる方です。元気で運動が得意だった佐々木禎子さんは、突然白血病にかかり回復を祈りながら千羽鶴を折り続ける中で亡くなりました。二歳の時に被爆して、そのときは外傷も何もなかったにもかかわらず、十年も経ってからこのような悲劇が起こったのです。

核兵器の恐ろしさの一つが、このような放射能による人体への影響ではないでしょうか。最近では湾岸戦争の際に使われた劣化《れっか》ウラン弾という兵器によって、放射能汚染による被害が出ているという話も聞いています。今年（二〇〇三年）のイラク戦争でも、同じように劣化ウラン弾が使われたと報道されています。

高校時代、当時、社会で大きくクローズアップされた従軍慰安婦《いあんふ》問題や七三一部隊の人体実験、ナチスによるユダヤ人虐殺《ぎゃくさつ》、などについて学び合いました。身の毛もよだつような蛮行《ばんこう》の数々もそうですが、これらにかかわったのは、多くが決して特別ではないごく普通の人たちだったという事実にこそ、私は戦慄《せんりつ》を禁じえませんでした。戦争という狂気は、人をして平然と残酷《ざんこく》な行為に走らせるものなのです。

さて、私は学生時代にボランティアで人形劇の公演活動を行っていました。国際交流のため、海外に行って子どもたちに人形劇をしたこともあります。私が訪問したのは韓国・マレーシア・シンガポール・インドといったアジアの国々でした。多くの方にご協力をいただいて小学校や幼稚園などで公演を行いました。また、インドではストリートチルドレンを対象とした公演を行うこともできました。それぞれの生活環境や習慣、肌《はだ》の色は違っても、子どもたちの屈託《くったく》のない笑顔や瞳《ひとみ》の輝きは、どの国でもまったく変わりはありませんでした。あの子どもたちの笑顔や瞳の輝きを奪う権利は誰にもありはしないのです。共に遊び、ふれあう中でごく自然な実感として、私はそう感じました。

人間への共感と想像力の欠如《けつじょ》

真に平和を実現するためには、まず、こうした当たり前の実感に立つことが大切なのではないでしょうか。戦争や核兵器を容認する考え方の根本には、他人の犠牲《ぎせい》の上に自らの幸せを築こうとする思想があり、日々の生活を営む一人ひとりの人間に対する共感と想像力の欠如があるのだと、私は考えています。

さらに、イデオロギーやパフォーマンスでただ声高《こわだか》に平和を叫ぶだけでは、真の平和の実現はありえないと思います。そしてまた、戦争がなければそれが平和なのでしょうか。飢餓《きが》や貧《ひん》困《こん》、環境問題など地球を取り巻く諸問題に目を向けずして平和が実現できるとも思えません。平和とは、寛容《かんよう》と非暴力とによって忍耐強く対話を重ね、現実を変革する強い意志をもって、団結と連帯を広げゆく行動のことであり、その地道な行動の中にしか平和の実現もないと私は確信しています。

これからも、日々の生活の中で真摯《しんし》な対話と誠実な行動によって、自身がかかわる人と友情を深め、平和と正義と幸福を自らの実感として実現できるよう地道に行動していきたいと決意しています。

母は背中ふるわせ「ゆきちゃん、ごめんね」

八月六日になると、母は虚脱《きょだつ》状態っていうのかねえ。泣くに泣けないっていうのかねぇ。ほんとに放心状態みたいになって、「ゆきちゃん、ゆきちゃん、ゆきちゃんごめんね」って一人で背中をふるわせて泣いてました。

吉川陽子
広島市佐伯区

よしかわ・ようこ
昭和三十二年、広島市生まれ。同五十二年、広島女学院高校卒。同五十四年、創価学会に入会。同五十六年、多摩美術大学美術学部絵画科油絵専攻卒。現在、児童絵画教室「子供のアトリエ」を開く。夫と一女の三人家族。

「ゆきちゃ〜ん！」

母の体調が悪くなり、これまでいろんな機会に聞いた話を母に確認して、私が「母の被爆体験記」として残そうと、今やっとまとまったところなんです。

「体験記」から――母の嗚咽《おえつ》――

八月六日午前八時十五分になると、私の母（中津澄子・旧姓田代）は、虚脱状態というのか、「ゆきちゃん、ゆきちゃん、ゆきちゃんごめんね」って、一人で背中をふるわせて泣いてました。物心ついた時から、私は、毎年その母の背中を見て育ってきました。嗚咽しているのだけれど声もあげず、ひっそりと涙を拭《ふ》きながら、これほどまでに悲しい、辛《つら》そうな泣き方を私は今まで見かけたことはありません。

「体験記」から――爆心地から〇・八キロ――

アメリカの爆撃機Ｂ29が、六日の午前七時ごろ、広島市の上空へ飛来し、警戒警報が発令されましたが、午前七時三十分ごろ解除されたので、市内は平常どおり活動していました。

中区・河原町（爆心地から〇・八キロ）の家の中には、母（当時十八歳）と両親と妹（田代ゆきえ・当時十六歳）がおり、母の兄の親友の川源義勝《かわげんよしかつ》さんが前日より泊まりに来ていました。川源さんは船乗りで、船が宇品港に着いたため、前日の五日より食料品を持って立ち寄り、遅くなったのでそのまま宿泊したのでした。

母と妹のゆきえ（私にとっては叔母）は、建物疎開《そかい》のため荷物を運び出そうとして、母は玄関口に立っており、妹は建物の一階部分のタンスのある部屋にいました。祖父（田代筆吉）は二階に、祖母（田代みつ）は台所におり、川源さんは若い男手を借り田代家の一階家屋の中で畳を上げて、土の中に埋め込んでいた食料品を掘り出すのを手伝っていました。母は七人兄弟姉妹のうち、六番目でした。他の男兄弟は、全員兵隊に行っていました。

そんな中、警戒警報、空襲警報が発令されていないのに、何の前触れもなく突然原子爆弾が落とされたのです。

「体験記」から――妹のうめき声――

家の中にいた母の妹（ゆきえ）は、崩《くず》れ落ちた家屋の下敷きになりました。「お姉ちゃん助けて、お母ちゃん苦しいよ」と呻《うめ》いていました。その声を聞いても、玄関口で被爆した母は、ただ「ゆきちゃん、ゆきちゃん」と妹の名前を呼ぶことしかできなかった。「お姉ちゃん、苦しい、もう声がでん……お母ちゃん……」。妹の声もだんだん小さくなり、ついに聞こえなくなってしまいました。

母は全身、倒壊した家屋の中に埋《うず》もれたまま、もがいていたそうです。そこへ、川源さんの「どこだー！　どこにいる？」との声を聞き、母は頭上をこぶしで叩《たた》き、「ここ、ここにいる!! 助けて！」と叫び、居場所を知った川源さんは、廃材《はいざい》を使って掘り起こして瓦礫《がれき》の中からやっとのことで、母を助け出したそうです。

祖父は二階におり、ガラスの破片が突き刺さり、顔中血まみれになっていました。屋内にいたため、祖母と母と川源さんは、その時は一応無傷でした。すでに家の周囲は火災による火の海で、川源さんは祖母を背負い、右手に祖父と母をつないで走りながら、「ゆきちゃん、ゆきちゃん……」「ゆきちゃん、ごめんね……」と妹の名前を泣き叫びながら、燃えさかる火の中を、後ろ髪を引かれながら逃げました。

母、祖父母、そして川源さんの四人は江波に陸軍病院があるし、親戚《しんせき》もあるので、江波を目指して歩きました。祖父は陸軍病院で手当てをしてもらい、江波の親戚を訪ねましたが親戚の家も倒壊しておりました。その時、川源さんが「これはただの爆弾ではない。新型爆弾に違いない」と話したのが記憶に残っているとのことです。八月十五日の終戦記念日を迎え、川源さんはリュックを背負い、名古屋へ帰って行きました。

まさしく地獄絵図

七年前、川源さんに聞いたんです。「舟入から広島駅まで、ずーっと、もう、ずーっとむごたらしい死体の山。宇品線の線路のところにダーッと死体が、転《ころ》がしてあって。そこを通って駅まで行って、ぎゅーぎゅー詰めの列車にぶら下がって名古屋へ帰って、帰ったら即、原爆症の症状が出て、生死の境をさまよった」って。「もう、あの時のことは、はーっ……（ため息）もう今、この年になって、思い出したくもないけど、やっぱり原爆の時のことを語り残さなきゃいけないなっていうふうには思うんだけども、いやー、思い出したら大の男でも気分が悪くなる」って。腹の座った剛毅《ごうき》な人が、そう言われるんです。「まさしく地獄絵図だった」って。

「体験記」より——原爆症の恐怖——

その後、思ってもみない異変が、残された家族全員を襲いました。原爆症です。

妹　田代ゆきえ十六歳　昭和二十年八月六日　原爆直爆死　父　田代筆吉五十四歳　八月二十

二日　原爆症により死亡　母　田代みつ四十八歳　八月二十九日　原爆症により死亡

母は、「(父) 親の死体をリヤカーに乗せて焼きに行って、どうやって焼いてよいか分からなかった」と今現在も当時のことを思い出しながら涙します。その後、脱毛、紫斑病《しはん》、吐血等《とけつ》、原爆症の全《すべ》ての症状を体験したと話しています。四〇度以上の熱が五十日ぐらい続き、この時全ての歯も抜け落ちたそうです。

青春時代を病院のベッドの上で過ごし、症状がひどい時は、一日コップ七杯の血を吐きながら、それでも母は今日まで生き延びております。九州から来た医者が、「生きているのが奇跡《きせき》だ」と言ったそうです。

子どもが産めない体……

母は数えの十八で原爆にあって、二十八で結婚して、三十で私を産んでるんです。兄弟は、もう絶対に苦労するのが目に見えていると大反対。前妻さんの子どももいて。でも、母は自分は子どもが産めない体だから、母はすごい子どもが好きな人なので、前妻さんが、自分と同じように原爆症で亡くなって残しちゃった子どもなんだから、自分が後妻に入ってでも育てようと思ったみたい。自分は子どもが産めない体だから、と後妻に嫁いだんだけど、思ってもみないのに妊娠《にんしん》して……。

だから、母の子どもは私一人で、姉は前妻さんの子ども。だから、異母姉妹なんだけど、やっぱり賢い育て方をしているっていうか、異母姉妹だって全然知らずに育てられた。えらい年が離れているなっては思っていたんだけど。姉がお見合いする年頃になって、私が小学校の高学年か中学ぐらいの時に、お見合いの身上書に「実母死亡」って書いてあって、ああ、これもまた原爆なのか……とすごいショックをうけて。


「体験記」より——父の思い——

父と母が出会う前、父は原爆により妻と最愛の息子を失い、傷心の中で生きていました。父の生家は大手町（日銀の真正面）で薬屋を営んでおりました。父は八月六日は妻、息子と共に、強制立ち退きで白島の方へ疎開《そかい》していて被爆したのです。

一度、父に冗談《じょうだん》も交えて「大手町の土地を一坪でも残しておけば、今頃いい暮らしができたのに」と言ったことがありました。すると、急に父の顔がこわばり、「だからお前は何も分かってないのだ！　仲良く暮らしていた近所の人々がどのようなむごたらしい死に方をしたか。一人残らず子どもから年寄りまで、全て《すべ》一瞬で、人も、町も灰になってしまったんだ。あんな悲しい土地はない。誰が持っておきたいものか！」と吐いて捨てるように言ったのでした。父の顔に、大正生まれの男性の悲痛な思いが映し出されておりました。父は多くは語りませんでしたが、「勉強しろ。思想にだまされてはならない」とよく言っておりました。

「体験記」より――母の出産――

原爆で、体を壊してしまった母は、元々結婚することに対して危惧《きぐ》の念を抱いていましたし、出産に関しては結婚以前からあきらめておりました。原爆を直接受けた母が、私を産むと決めた時には、広島市内の大きな病院を七軒回り歩いたそうです。母は、全ての医師から、「出産不可能、母子共に危険である」と止められたにもかかわらず、「どうしても産みたい」と、まさに命がけで私を産んでくれたのです。そんな母の話を少しずつ聞きながら、私はこの広島の地で育ってきました。

幼い頃、ある時は庭の草むしりをしながら、母がつぶやくのです。「原爆のあと、この草も食べた。この雑草も食べた。ひもじくて、ひもじくて、ベルトの革《かわ》までかじった」と。またある時は、父と母が二人そろって「原爆のあと、いっぱいの死体に雨が降り注ぎ、人骨のリンが燃えて火の玉があちらこちらでゆらゆら揺れていた」などと、話していたこともありました。

福岡の方に足を向けるな

川源さんがいなかったら私は生まれていないから、川源さんに対する感謝は絶対に忘れてはいけないって、母はいつも言っていました。川源さんは当時、母と同じ十八歳で。今現在も素敵なハンサムなお爺《じい》さんです。母としたら、あの状況だったら、別に自分を掘り起こしてまで助けてくれなくても、自分は捨てられてあのまま妹と一緒に生き埋めになって、火にのまれて死んでても全然おかしくない。川源さんに対して、「あなたあの時、私をほって逃げたわね」って恨《うら》み言を絶対言えないような状況だった。極限状態の中って、隠しようもない人間性がでるじゃないですか。だから、やっぱり川源さんに対してはすごい感謝と絶大な信頼がありますよね。ほんとに「命の恩人」なんだって。

生き残った兄弟全員も、終戦後、初めて川源さんと会った時に、田代家の恩人だっていうので、すごい接待をされて、川源さんは照れくさくてたまらなかったって。今、川源さんは福岡に住んでいらっしゃるんだけど、「福岡の方には足を向けて寝るな」っていうぐらいに言われて。

一人一人が変わるしかない

自分の血のつながった両親が、あれだけ原爆でひどい目に遭《あ》ってても私は絶対に分かってないと思うし。原爆のことについて話せって言われたら、親から聞いた話を若い人にも分かりやすく話すしかない。本当は、話したくないですよ。両親の一番みじめな部分を人前にさらすわけでしょう？　いつも身を切られるような思いがします。「戦争」が、どれほどの「不幸」を人間にもたらすものなのか？「核」の放射能の「狂気」。万分の一でも伝われば……と、祈りを込めています。あとは、一人一人の生命の中に、幸福を築いていくっていう部分での世界平和へ向けて、出発していくしかないんじゃないのかなって自分では思っているんです。自分の子どもにも、「学校の勉強は全《すべ》てじゃない。医者になれ、看護婦になれ、そういうことじゃなくて、平和思想だけは学べるように、歴史の真実だけは学んでほしい」と祈っています。娘との最初の海外旅行は、アウシュビッツとテレジンに決めています。現実を見つめるところから、全てが始まる、と自分自身の経験から感じております。

「体験記」より――被爆二世として――

私は子どもの頃から、体がとても弱く、成長してからは、首のリンパ腺が少し疲れるとすぐに腫《は》れ上がります。放射能の影響がいつ出てくるか、不安を感じなかったと言えばうそになります。今、確実に被爆者も老いてまいりました。私の母にしても、ボロボロの体で、修学旅行の学生たちに、この間まで語《かた》り部《べ》をしておりました。しかし、現在はもう不可能となりました。

昭和二十年の八月六日、ヒロシマに生まれていなかった自分に、一体何がどこまで語れるのか、今は亡き父の「原爆の時のあのヒロシマのことが、戦後に生まれたお前に分かるわけがない！」との言葉、それでも父は「原爆の絵」を描き残すボランティアをしていた時、満足そうにしていたことを思い出しつつ、「やるしかない！　語り継ごう！」と決意しています。

アボリション2000を広島から全国へ

アボリション2000へ、広島が先駆《さきが》けとなって取り組むと同時に、中国各県にも呼びかけ、「アボリション2000」署名運動をスタートさせました。その自発能動の取り組みは、全国の青年有志の共感と行動も呼び起こしたのです。そうした青年一人ひとりの懸命な戦いにより、広島中心に中国方面で一二〇万人、全国で一三〇〇万人の署名を集めることができました。

伊藤　博
山口市
いとう・ひろし
昭和三十三年、広島市生まれ。同年、創価学会に入会。同五十七年、早稲田大学教育学部卒。小・中学校教諭を経て現在、聖教新聞社山口支局勤務。

――父から聞いた原爆――

幼い頃、職人の父（勇次）、母（和子）、兄（修次）との四畳半一間での生活。生活は苦しかったが、愚痴《ぐち》をもらさず、仕事に、活動に黙々と精出す親の行動、背中が最高の教科書でした。十六歳になったある夏の夜、当時、高校生だった私は、高校生の仲間たちと、親の被爆体験を継承する運動を推進しようと、父から被爆体験の聞き取りをしたんです。父は、夏が巡ってくるたびに、あの忌《い》まわしい過去を思い出すんだと言いながら、重い口を少しずつ開き、ポツリ、ポツリと語ってくれました。

「当時十五歳、横川駅のすぐ裏手にある三篠神社の境内、青年学校の朝礼の真っ最中だった。昭和二十年八月六日、午前八時十五分。気付いた時には、地面に押しつぶされていた。ともかく郊外へ逃げようと歩いていくと、手も足もないのに生きている人や皮膚が焼けただれた男女の性別がわからない人が、幽霊《ゆうれい》のように歩いている姿に出会った。目玉が飛び出し、それを手のひらで受け止め、苦しそうにのたうち回っている人もいた……」

想像もできないくらい壮絶《そうぜつ》で悲惨《ひさん》な話に、私は、思わず「ウソだ！」と。すると父は一言

「そうかもしれんな。本当に。あのことが分かるには、被爆者だけじゃけんの」とつぶやくのでした。

私は涙があふれてくるのをどうすることもできませんでした。その父の言葉は今でも私の耳にこびりついて離れません。この時、何よりも、絶対にこの悲惨な歴史を繰り返させてはならないと強く決意したことを鮮明《せんめい》に覚えています。

断固、反戦平和であり、核兵器反対なんだと叫ぶ父に、真の平和を愛する人間の姿を見たような気がしました。そして、自分にできることは何か？ と考えた時に、被爆された方々の生《なま》の声を同世代の友だちをはじめ、多くの人たちに知ってもらおうと、体験集の出版に全力で取り組んだことが懐《なつ》かしく思い出されます。

「SGI世界平和の樹」の淵源《えんげん》

広島県高等部の仲間たちと、苦労を共にした反戦出版の取り組みが、私の平和行動の原点です。ある友は「お前が被爆二世だということを世間に知らせるだけだ」という両親を、泣き泣き説得し、体験を聞き出しました。またある友は「あの時のことを思い出したくもない」と、固く口を閉ざして語ってもらえず、それでも頼み込んでようやくに原稿を書き上げました。

一行一行の行間からは、肉親を失い、青春を奪われ、人生を奪われた〝戦争〟への痛烈《つうれつ》な告発と平和を求める声が浮かび上がってきて、胸がかきむしられる思いでした。この平和希求の声を、人類の叫びとしなければ――私たちはそんな思いが胸にこみ上げてきたものです。

取材・編集活動を通して、結局は人間の生命の中に、確固とした生命の砦《とりで》を築くという真の平和主義を実践、展開し続けていくしかないと決意したのを覚えています。

この思いを、何か形にして留《とど》めておきたいとみんなと話し合い、原稿料でヒマラヤ杉を購入し、広島平和記念公園内に記念植樹をしたのです。その当時の広島市公園緑地部の栗栖典造維持課長は「若い皆さん方が決めて、されたことは大変素晴《すば》らしい。皆さん方の平和への熱意は、必ず人々の胸に共感を呼ぶことでしょう」と感激されていたことが思い起こされます。

その後、植樹した木が枯れたようなので、一九九五年、広島で開催された「世界青年平和文化祭」「SGI総会」（注3）開催を記念し、平和公園に植樹を！　との思いが募り、広島市に直接交渉をしました。

以前に植樹した経緯があったので、スムーズに事が運び、「SGI世界平和の樹」として一九九五年十月、世界五十五カ国からのSGIメンバーの代表とともに、植樹することが出来ました。この木は今、未来に「平和の心」を伝えるべく、平和公園内で青々とすくすくと育ち続けています。

「アボリション2000」署名運動

一九九七年九月十四日、核時代平和財団所長のデイビッド・クリーガー氏と池田名誉会長との会談がありました。

その折、同財団などNGO（非政府組織）が進める「アボリション2000（西暦二〇〇〇年までに核兵器廃絶《はいぜつ》の筋道をつけ、廃絶を目指す運動）」が話題になり、核兵器廃絶、恒久平和の実現という共通の目標に向かって、ともに進むことが約束されました。

これを受け、即座に呼応し、「平和原点の地・広島」を抱える広島県青年部が取り組んではどうかと提案したのです。多くの友が賛同してくださり、広島が先駆けとなって取り組むと同時に、中国各県にも呼びかけ、署名運動をスタートさせました。その自発能動の取り組みは、全国の青年有志の共感と行動を呼び起こしたのです。

署名運動を開始と時を同じくして、聖教新聞紙上に掲載された、小説『新・人間革命』（操舵20）に次のようにありました。――私（池田名誉会長）は、戸田先生の『原水爆禁止宣言』の思想を皆さんとともに、生涯、叫び抜いていく決意であります――と。私たちが署名を展開した年は、その「原水爆禁止宣言」から四十周年の節目の年でした。

初代、二代、三代会長に流れる〝平和の魂《たましい》〟を私たち後継の青年が受け継ぎ、一人でも多くの友とともどもに力を平和創造に結集していきたいと訴え、署名運動を展開していきました。

積雪の山間地で、離島で、寒風をついて、一軒、また一軒と訪ね、反核への情熱を訴え、歩いた青年たち。団地の階段を何度も何度も駆け上がった友、その真剣な行動を通し、地域のほとんどの住民が署名を寄せた例もありました。

街頭で、茶の間で署名を通し、戦争や被爆の悲惨さを知るお年寄りと対話した友もいます。同世代の若者と平和について夜を徹して語り明かしたメンバーもいました。

そうした青年一人ひとりの懸命な戦いにより、広島中心に中国方面で一二〇万人、全国で一三〇〇万人の署名を集めることができました。

そして、一九九八年二月二十一日、一三〇〇万人の署名寄託式《きたくしき》が広島平和記念資料館メモリアルホールで、核時代平和財団のクリーガー所長を迎えて、盛大に行われました。

クリーガー所長は「皆さまが成し遂《と》げられた成果は、壮大であり、偉大であります。私は、核兵器の全くない世界は、我々が生きている間に実現可能であると信じています。皆さまは、どうかその達成の日を夢に見、その夢を常に固く持ち続けてください。核兵器によるホロコースト（大虐殺）の脅威《きょうい》から世界が解き放たれるとの夢を失わないでください。自身の良心に耳を傾け、勇敢に行動してください。『正義の道』『平和の道』を歩いてください。そして、〝一歩一歩前進し続けるのだ！　絶対に何があっても希望を失ってはいけない〟という池田名誉会長の賢明なご指導を実践してください」と我々青年に語りかけ、期待を寄せてくださいました。

この後、この署名は、クリーガー所長の尽力で、スイス・ジュネーブでの国連軍縮会議やニューヨークの国連本部に届けられました。

また、同年の「SGIの日」記念提言で、池田SGI会長は「新しい時代を切り開いていくためには、何と言ってもNGOをはじめとする民衆の英知と力が必要不可欠となってくることは間違いありません」と述べられました。

クリーガー所長の言葉もしかり、SGI提言の一文に痛く感動し、庶民のために戦い続けた歴代会長の〝平和の魂〟を受け継ぎ「民衆の英知と力」を結集していくのは、平和原点の地・ヒロシマを有する私たちの使命なんだと、その当時、改めて実感したことが思い起こされてなりません。

――対話こそが、平和への第一歩――

被爆二世として生涯、戦争の悲惨さ、原爆の残酷《ざんこく》さを語り抜いていく決意に変わりありません。しかし、被爆体験を持つ語り部《かたべ》が、年々少なくなっていき、戦争を知らない世代が多くなっていく中、再び〝戦争〟という悲惨な過《あやま》ちを犯《おか》しかねません。だからこそ「平和の思想」を後継する若い世代を一人でも多く育てていかなければならないと思います。

平和への根本は、やはり〝人間の内面を変革する思想〟を基調に、〝誠実な対話〟しかありません。モアハウス大学・キング国際チャペルのローレンス・カーター所長は昨年の九月、「真の平和構築は生命に絶対的価値を置く思想を基盤としなければならない」と述べられ、核兵器をはじめとする大量殺戮《さつりく》兵器の廃絶を訴えると共に、世界を動かしてきた「力の傲慢《ごうまん》」を、人間の内面変革と対話を基調とする「ソフト・パワー」に転換する必要性について力説されています。

宗教の差異を超え、同じ人間として、まず語り合える問題から、語り合っていくことが重要です。文化や教育のことについてでもよい。文化の向上や平和を願う人間の心は全世界共通です。対話の目的は、どうすれば、みんなが幸福になり、平和な世界を築いていけるかということに尽きると思います。

「地球市民のための文明間の対話」の大切さ。ここでいう対話とは、単なる話し合いというものではありません。グローバリゼーションと言われる地球一体化が進む中で、お互い異なる文明同士、真摯《しんし》な対話を通し、共に生き、共に栄える智慧《ちえ》と価値観をいかに学び合うかという、新たな実験といってよいでしょう。力ではなく、対話こそが問題解決の柱となります。そして、この〝対話〟こそ、まさに二十一世紀の人類の命運に深く関《かか》わるキーワードだと思います。

二〇〇二年九月、東京・八王子市の創価大学記念講堂で行われた新世紀第二回中国青年平和総会で、池田名誉会長は「大願とは何か。人間として、青年として、最も大きな願い――それは世界平和ではないだろうか。国境を超え、全《すべ》ての民衆が幸福になることである。一人きりになって、自分を偽《いつわ》り、ただ安逸《あんいつ》をむさぼるだけの人生でいいのか。悔《く》いはないか。ならば諸君よ、大願を起こせ！」と青年に語られました。

今こそ、確固たる生命哲学を基調に、〝世界平和〟という〝大願〟を起こし、今いる自分の場所で〝平和への対話〟を進めていく。その強固な一人ひとりが連帯し、地道な平和運動を進めていく中にこそ、平和構築、核廃絶への〝カギ〟があると思います。

私自身は、被爆二世という自身の使命を胸に、対話を武器に生涯、平和のために尽くしていく決意です。

子どもたちに「世界市民の心」育《はぐく》む

子どもたちに平和の尊《とうと》さ、生命の尊さを伝えていきたい。人間性豊かな子どもを育てていくことが、平和教育の根幹だと思っています。つまり、現代社会を生きる子どもたちに「世界市民の心」を育むことが、本当に大事だと思います。

田川寿一
広島市西区

たがわ・じゅいち

昭和三十年、広島市生まれ。同三十三年、創価学会に入会。同五十二年、広島修道大学商学部経営学科卒業。三十八歳で広島大学大学院（学校教育研究科）に合格し、平成七年、修士号を取得。小学校教諭、教頭を経て同十五年四月から、公明党広島県議会議員。

ぼくの中にも原爆がいた

夏になるのが嫌《いや》だった……。

幼少のころ、いつもそう思っていました。母（シマ子）の痛ましい火傷《やけど》の跡が目につくから。私の母は被爆者です。当時、母は爆心地から一・四キロにあった佃煮屋《つくだにや》を営む自宅（中広町）で被爆しました。今でも半身にケロイドを負っています。

私は物心のついた時から、その母の姿を見て育ってきました。母も年を取りましたから、だいぶ目立たなくなりましたが……。

ものすごく、ひどい火傷の跡。首筋から顔にかけても火傷の跡が残っているけど、特に腕なんかはひどい。皮膚がひきつって、腕の曲げ伸ばしが十分にできない。ちゃんと、まっすぐには伸ばせないんです。

被爆当時は、夏だから半袖。原爆投下の直後、とっさにパッと手で顔を覆《おお》ったそうです。その手でできた影の部分は火傷を負わなかったけど、じかに当たった部分はすべて火傷を負ったそうです。灼熱《しゃくねつ》の熱線ですから。

夏は暑い。汗をかく。しかし、母は半身火傷だから毛穴がぜんぶ塞《ふさ》がって、発汗しにくい。

汗が出ない分、普通の人よりも、随分《ずいぶん》と苦しんでいました。
夏になると嫌だった。母の苦しむ姿を見るのが辛《つら》かったから。「これはピカでやられたんだ」と、そう聞いて育ったんです。

これまで一度も、母は私に被爆体験を語ってくれたことはないんです。後年、母が綴《つづ》った手記があるけど、それを読んで初めて母の胸の内を知りました。

「原爆という言葉を聞くのも嫌だし、思い出すのも嫌。思い出したら、その時に味わった苦しみがもう一度、よみがえってくる」「熱く焼けた鉄板を体に押し当てられるような苦しみだった。それを思い出してしまうから……」と。

平和への思いというのは、私にとって、小さい時に植え付けられたものなんです。

積極的に平和に貢献《こうけん》しようという思いが芽生《めば》えたのは、高校生の時でした。仲間うちで広島の使命について考えました。

広島に生まれ合わせたというのは、これは偶然ではない。母親が被爆者である。それも偶然ではない。自身が被爆二世という使命《しめい》を持って生まれてきたんだ、と強く感じた。それまでは負の考え。つまり被爆した母を持っているという暗いイメージで暮らしてきたけど、そうではなく、これは自分の使命だと思えるようになった。広島からもっと平和を訴えなければいけないと。高校二年の時、先輩と一緒に文化祭で「原爆展」を行いました。原爆資料館へ行き、写真パネルをすべて借りてきた。ともあれ、自分ができることは何でもやってみようということで、東京の創価学園の生徒たちとも交流を行い、同校へパネルを送りました。母が所持していた被爆にあった防空頭巾《ずきん》など、いくつかの物品も貸し出しました。

そんな時、転機は訪れたんです。高校三年の四月、レントゲン検診で肺結核の診断を受けた。私の中にも「原爆」がいたんです。

被爆者と被爆二世との因果関係は、今のところ立証されていない。だから被爆二世には保障がされてないんです。これは私のこれから取り組むべき課題です。因果関係なんて、分かんないけど、被爆した母から生まれた、この体、自分自身の中にも原爆がいたと思いましたね。その後、肺結核は、乗り越えることができました。

そのころ、母が被爆体験の手記「広島のこころ―二十九年」に執筆《しっぴつ》をしたんです。これを読んで、平和のために直接、貢献できる活動をしたいと真剣に思った。生命の尊さを訴えていきたいと思い、教師になろうと決意しました。教師になって子どもたちに平和の尊さを訴えていきたかったんです。だから教師になりました。

繰り返し、子どもたちに被爆体験を語りました。母の話と自分の話。「ぼくの中にも原爆がいたんだよ。ぼくも肺結核になったんだよ」と。子どもたちは、原爆の話を嫌がります。怖《こわ》がるんです。特に小さな子どもたちは。だけど真実を教えなくちゃいけない。話さなくちゃいけない。知ってほしいから。だから、反応を恐れず、私も話したんです。

日本人学校の教員として、昭和五十七年四月から三年間、ドイツへ行きました。ドイツの子どもたちにも原爆の話をしました。驚いたことに広島から教師が来たというだけで、すごい有名になった。ある平和団体から講演の要請《ようせい》があったんです。そこには大小さまざまな平和団体が集まっていました。まだ、赴任《ふにん》したばかりで片言のドイツ語。友人の通訳にお願いしたら、「いい話だった」と好評を博しました。

自分たちの地域に核を持ち込ませない（原発も含めて）。当時、これがドイツの平和運動の柱でした。時に適《かな》っていたのか、私の話が良かったらしい。その後も、何度か他の団体からも要請を受けて講演をしました。二回目以降は、たどたどしいドイツ語でね。友人が素晴《すば》らしい翻《ほん》訳《やく》原稿をつくってくれたから、どこでも褒《ほ》められました。

私は、被爆したという悲惨な事実を語る体験ではなく、私は原爆に立ち向かって乗り越え勝った、という信仰体験も交えて話をしました。病魔を克服した信仰体験です。信仰を実践していくなかで私のなかに芽生えたことがあります。それは自分のなかの原爆と戦うだけでなく、世界中の原爆に対しても戦っていかねばならないと思うようになったこと。これが自分の使命だと思うようになりました。

ドイツ人に言われたことは、「日本では反核運動を横のつながりで連帯してできないだろう」と。よく知っている。私も、これを日本でやろうとの思いを温めて、帰国しました。

あなたはウサギを殺せますか?

当時、三十歳。帰国後、すぐに創価学会広島青年平和委員会の委員長（第三代）に任命されました。

何も分からず手探り状態からの出発。「何をやるんでしょうか?」と先輩に相談したら、「『8・6』の青年平和集会を必ずやろう。あとは委員会のメンバーを自分でつくりなさい。いろいろと勉強していけばいいよ」とのアドバイス。素直に頑張り始めた。アイデアを百くらい考え、先輩に提案しました。やりたいことは山ほどあった。被爆体験の証言ビデオ、原爆の絵展、広島の心をメッセージにして世界に伝える等々。

それで、まず「ヒロシマ・マインド50運動」をスタート。ヒロシマの心を世界に広げようと思ったから。例えば、「平和のための広島学講座」。これは五十回くらい続けたかな。

講師を呼んで話を聞いては、自分たちの運動の血肉にしようと思った。素晴《すば》らしいことに、この講座は、今も続いている。

その後、「原爆の絵」展をやりました。当時の写真はないから、被爆者の皆さんに投下直後の広島の様子を描いてもらいました。これは非常に意味がある。

平成二年四月、「戦争と平和――ベトナム戦争の軌跡《きせき》展」を開催。全国の巡回展の一番目の地に広島が選ばれた。でも、ほとんど完成していなかったんです。パネルもキャプションもこちらでつけたほど。

この展示を、ただ単に素直に受ければ、簡単でした。それでも良かったかもしれない。でも、なぜ、広島でベトナムなのか？　なぜ、第一回を広島で開催するのか？――深く思索しようということになったんです。

そこで、まず沖縄へ行くことにした。なぜなら、沖縄からベトナムに出兵していたから。広島・長崎・沖縄三県青年平和連絡協議会で知り合った、沖縄平和委員会のメンバーと連絡を取り、すぐに現地へ。

商店には、米軍の中古品がズラリと並んでいた。なかには、実際にベトナムで使用されていた物資や衣料、兵器なども。これを広島に持ち帰り、「沖縄からベトナムに出兵したんだ」という展示にした。もちろん証言も入れて。

米兵が、どういう訓練をしているのかも学びました。そこで知った衝撃《しょうげき》の話は、まずウサギを殺すことでした。初めから人間なんて殺せない。だから、可愛《かわい》らしいウサギから殺すんです。

そこで展示会場の入り口に「あなたはウサギを殺せますか?」というコーナーを設置しました。こうして当初、予定していた展示の中身まで自分たちで変えていった。展示に対する反応は、好評でした。

このころから、広島とアジアの結びつきについて考え始めました。広島からもアジアへ出兵したのではないかと思い、行動し始め、ついにはアジア四カ国を訪ねたんです。

まず、アジア人の留学生意識調査（平成三年）を行いました。当時、広島にアジアからの留学生は四〇〇人ほどしかいなかった。今は倍以上いますが。そのうち、五十二人にアンケート調査を行い、貴重な回答が得られました。

広島に住む留学生です。しかも原爆資料館を見た人たちです。原爆の悲惨さを知りつつも「原爆の投下は正しかった」と答えた人が多かった。そういう回答があるとは思ってはいたけど、ショックは大きかった。

この調査を展示したら、また反響が大きかった。中国新聞が取り上げたから、さらに脚光《きゃっこう》を浴びてね。「広島のアジア人留学生　七割以上が原爆投下を肯定」――これが記事になった。朝日新聞の地方版にも取り上げられ、その後、全国版でも。

今も忘れられない言葉

アジアには、「原爆はアジアを侵略《しんりゃく》した日本への罰」という風潮がありました。そういう思想があるなら、実際に調べてみようと、平成三年十二月、韓国行きを決意。言葉は話せない、知り合いもいない。それでも、行動に移しました。

不思議にも、韓国の大学で日本の古文を教えている学者と知り合いになった。しかし、そこはソウルから二〇〇キロも離れた天安市でした。

「何しに来るんだ?」と聞かれ、「平和のための行動をしているヒロシマの青年です。できれば、韓国の歴史教科書がほしい。それから、小・中学、高校の歴史の教員と話をしたいんです」と頼みました。

そうしたら、全部そろえてくれた。韓国の教科書は市販されていない。それで「使い古しですけれど」と、譲《ゆず》ってもらいました。その後、中国の教科書もシンガポールのものも全部、そろえました。

あらかじめ用意した質問を韓国の先生方に投げかけた。今後の日韓交流の上で大事な点は何か。日本の戦争責任の取り方について。原爆投下について……等々。

想像以上に厳しい意見・見解でした。日本にいて、あれこれ思うより、足を運び、現地の人の話を聞くことの大切さを実感しました。

今も彼らの言葉が忘れられません。

「許すことはできる。だが、決して忘れることはできない」

戦時中の日本人の蛮行《ばんこう》に対して、彼らは「許すことはできる」と言いました。これは「許すことはできるかも知れない」という意味でしょう。でも「決して忘れることはできない」と。これは「歴史を絶対に忘れてはならない」という意味だと思います。

この言葉に打ちひしがれるような思いでしたね。

「歴史認識」――これは絶対に忘れてはならないことです。私は教師だから、よく分かる。日本の中学、高校では、明治以降の近現代史は、受験に関係ないから教えない。わざと受験科目から外しているという意見もある。自虐史観《じぎゃくしかん》という人もいる。

だから、きちんと教えたいと思った。「被害の歴史」だけではなく、「加害の歴史」を知って、初めて真の平和の行動ができると思います。ドイツでもそうでしたけど、過去の過《あやま》ちを歴史の教訓から学ばねばならない。過去に目を閉ざす者は、未来にも目を閉ざしているのも同じだからです。

天安市にある韓国独立記念館の見学に行きました。十五の建物からなる巨大な記念館。そのほとんどが日本の侵略史を留《とど》めていた。証言なども取材し、それで帰国後、すぐに「韓国から見た日本・ヒロシマ」展を行いました。

これも一般各紙が報じた。それで韓国だけではアジア侵略の歴史は終われない。むしろこれからだと思い、翌年十二月には「アジアの声」を聞くべく、シンガポール、マレーシアに飛びました。

広島第五師団歩兵第十一連隊。通称、十一連隊と言うけれど、シンガポールに出兵した日本兵の足跡を取材することにしました。しかし、だれ一人として加害の歴史は一切、話さない。ものの本を読めば、村を殲滅《せんめつ》させたとか、侵略史を知ることができる。ただ一人、口を開いてくれました。その人は物資を運ぶ輸送兵でした。直接はやってないけど、自分は見たという話でした。あまり有名ではないけれど、真珠湾攻撃と同じ日に、タイへ上陸し、シンガポール、マレーシアを陥落《かんらく》させた歴史がある。その歴史を追いました。ジャングルの中まで、入っていった。旧日本軍が殲滅したと言われる村へたどり着いた。その時の話もショックでした。それを展示しました。翌平成五年の夏、中国大陸へも足を運びました。

そのたびに、展示を行ったけど、中国新聞が取材をして何度も取り上げてくれました。

――なぜか？

私が青年に常々語っていることだけど、平和運動っていうのは動機が大事なんです。いくら掛け声をかけたって、人の心は動かせません。叫んだってダメ。どういう思いで、どういう生き様《ざま》で訴えているのか。これが伝わらなかったら、人の心は動かせません。ここが大事。純粋に青年の思いで、平和を叫んでいく。手弁当でやっていく。これが共感を呼んだと思います。「平和って、口で言うのは簡単。言葉じゃなくて、行動なんだ」と自分に言い聞かせてきました。もっと、こういう思いを持った青年が増えていくことを願っています。青年には、何よりもまず行動をしてほしい。

何を訴えるのかというのも大事。もうひとつは感性に訴えるものが必要。平和運動とは理屈《りくつ》じゃなく感情からスタートするんじゃないかと思うんです。

人間の感性に訴える情熱がないと弱い。私の場合、母の体験があるから。だから直接、青年が被爆体験を聞かなきゃいけない。それを平和運動へのエネルギーにする。情熱に火をつけなきゃダメ。体験を聞く、真実を知ることがスタートラインに立つこと。問題はここから先、どうやって行動に移すかです。何をするのかが大事だと思うんです。

今後も私は、子どもたちに平和の尊さ、生命の尊《とうと》さを伝えていきたい。人間性豊かな子どもを育てていくことが、平和教育の根幹だと思っています。つまり、現代社会を生きる子どもたちに「世界市民の心」を育《はぐく》むことが、本当に大事だと思います。世界市民教育を実践するための本も作成しました。今後は議員という立場で、絶えず広島から平和のメッセージを発信していきたいと思います。

広島、長崎、沖縄の青年が力合わせて

広島・長崎・沖縄という先の大戦で大変な辛酸《しんさん》をなめた地域の青年たちこそが一堂に集って、お互いが協力し合えることはやり、相互に触発《しょくはつ》し合い刺激《しげき》し合って、力を二倍にも三倍にも高めて、平和な社会構築へ立ち上がろうと。三県青年連絡協議会をたちあげて。

久保泰郎
広島市東区
くぼ・やすろう
昭和三十年、竹原市生まれ。同三十七年、創価学会に入会。同四十八年、皆実高等学校卒。同五十二年、広島大学政経学部卒。広島県職員(県庁勤務、同五十三年四月～五十九年八月)を経て、創価学会広島池田平和記念会館勤務。

被爆のハンディを乗り越える母子

広島で初めて出た「広島のこころ―二十九年」という昭和四十九年に発刊された被爆体験集、その中に母親が被爆当時の模様《もよう》をかなり細かく書いている。ちょうど僕が大学二年生の時。断片的には子どものころ、中学生・高校生ごろ、もうひどいものだったんだとは聞いていたんだけど、まとまった形で母親が当時、どういうふうな様子だったかというのを知ったのは、逆に本人がまとめて記憶をたどってそれなりにまとめたという形なんで、この被爆・反戦出版によって、詳細《しょうさい》な模様を僕なんかも知ったと。人を背負ったんだとか、水ぶくれで人が死んだとか、命からがら逃げて帰ったとか、そういう話は聞いておったけど、まとまった形で聞いたのは、逆にこの本を通してと。母親の被爆模様をね。

お袋は、典型的な地方の貧しい農家で多人数の八人兄妹だったんだけど、その末っ子だった。広島へ出て被爆して本郷町の実家に帰ってきた。当時十九歳。相当の期間、闘病生活というか病《やまい》に伏《ふ》しとったわけよ。寝てばっかりおった。そうしておるうちに結婚適齢期が過ぎる。だけどお金もないし、しかも原爆受けて帰ってきた娘だということで、多分僕から見たら祖父母はかなり苦しんだんじゃないかと。どうするかこのままで、寝たきりでと。

被爆で、お兄さんが受けたような火傷《やけど》とか、本人が直接受けた外傷というのはなかったんだけどね。直接はなかったけど、体調不良で要するに放射線被害で、脱毛とか出血とか身体が弱ってずーっと寝ておったと。いうことが何年も続いておったわけね。

親父は隣町の竹原市に住んでおって、これまた貧しい子だくさんの中で、生まれつきの身体障害者だったわけよ。足が不自由で松葉杖で歩く。だからそういう意味じゃあ、まあ人に言わせれば僕の両親はね、ちょうどいい組み合わせで結婚したと。

田舎の竹原市で生活していたんだけど、都会化も進んで兄妹もだいたい大阪とか広島に出てしまった。うだつがあがらんから両親も先に出てた親戚《しんせき》を頼って広島へ出てきたわけよ、僕が幼稚園の時に。そういう境遇だったし貧しいから、とにかく、あらゆる宗教を勧められてかじってみるし。という、もう生活苦に喘《あえ》ぎながら、一応勤めをしておったわけね、広島市内で。その当時竹原のおじいさんが裏の竹を切って姉と僕に貯金箱を作ってくれたわけよ。広島へ来て一円玉が少し入ったくらいで、それも割って米を買うくらい貧窮《ひんきゅう》しておったわけよね、我が家の生活は。そういう中で、年子《としご》の姉と僕ら二人をこれだけは食わさないけんと、両親は勤めをやめて食堂を始めたわけよね。それが今のマツダが東洋工業の時代に昭和三十年代半《なか》ばなんだけど車の量産化を始めた時代だったので少し流行《はや》った。

被爆者だから生活が大変だという認識《にんしき》ではなくて、それも含んでの生活苦。親は戦後の復興期の中での低所得者層、まさに我が家は、社会で組織化された外側の生活者という生活をしておったわけ。なおかつ親父の肢体《したい》不自由とお袋の被爆による体調不良というハンディをかぶっておった。両親は毎日、ほとんど休みなしに働いて、それでも食ってくだけで精一杯だった。

お袋は、しょっちゅうぶっ倒れるわけよ。具合が悪いから横になろうかということよりも仕事しながら作業しながら、ボーンとぶっ倒れるわけよ。時々町医者にも通ったんだけど、その医者は「あんたはもう、つける薬も打つ注射も何も手当てはできんよ。今の医学じゃ」と。「だって、あんたは〝ピカドン〟だから」と。

そういう中で僕は中学校から大学出るまで家の手伝いをずっとしておった。貧しいけど一生懸命生きる両親、ハンディ持って懸命に生きる両親を見て、「正直者がバカを見ない世の中にならないいかんのじゃないか」と、育った環境の中で子ども心に思った。

広島・長崎・沖縄の「三県青年連絡協議会」

そうした思いを胸に、幅広い平和、文化創造の運動に多少ともかかわった中で、広島・長崎・沖縄の連携《れんけい》と文化祭について話すとね。昭和六十年前後、広島の青年が『広島・長崎・沖縄の青年部の平和連絡協議会の設置』を提案した。「これはやらないかん」と思った。幸い、沖縄や長崎の平和運動は、僕と近い世代の知り合いが直接取り組んでやってた時代だったから声をかけた。すると「そりゃー、出来たらいいね」、「是非《ぜひ》やりましょう」ということで、準備・連絡・段取りだとか運営をやって、それで初めて三県青年連絡協議会が広島で開催された。

そこでは、それまでの各県における取り組みを発表し合ったり、リンクしてできることはないかという意見交換。その時に、「是非今度は三県持ち回りでやろう」と、初回で申し合わせた。それが今でも続いているんだよね。

第一回を平成元年。八月六日にやった。この三県連協の意義は、広島・長崎・沖縄という先の大戦で大変な辛酸《しんさん》をなめた地域の青年たちこそが一堂に集って、お互いが協力し合えることはやり、相互に触発し合い刺激し合って、力を二倍にも三倍にも高めて、平和な社会構築へ立ち上がろうということだよね。

お互い広島・長崎・沖縄が持ち回りでそれぞれの地に出向き、青年同士がお互いに現場を見聞きする、あるいは足を運んでいき、そこで学んだことを蓄積《ちくせき》して、またそれぞれが平和の発信地としての目的・使命を更に深め合う。その上でそれぞれの地域が努力を続けていく——というのが三県連協の意義じゃないかと思う。こうした取り組みを、しかも定例的に続けていることは他にあまり聞いたことがない。特に広島と長崎とは比較的あると思うけど、沖縄まで入れたものはあんまりないかと思う。

現地に行くというのは、お互い得るものがすごくあってね、沖縄にしかない歴史や思いがあるし、長崎の歴史や思いもあるし、それを学びあう。どうしても平和運動というのは自分たちの被害者意識が強くなるのがあって、たこつぼになるんだよね。自分たちを正当化しちゃって。そうじゃない。その他のことも知ることによって、もっと連帯《れんたい》できる。人間としての痛みを連帯できる。

沖縄の人から見れば、広島・長崎は「大和《やまと》んちゅー(本土の人)」でね。加害者の側の一員ということになるわけだけど、お互いが知り合って差異《さい》を乗り越えていく――その一環になったんじゃないかと思う。知るということ。相手の所に行って相手の話を聞いて、相手のことを知るということ。これを広島・長崎・沖縄でやったけど、その姿勢はそのままどこにでも用いるべきだし、通用するものじゃないかと。そうすれば、海外の被爆者や、南京大虐殺《だいぎゃくさつ》の歴史や侵略されたアジアの方々の人間としての痛みを学び、共有する視点の一助になるんじゃないかなと思う。現在までこの取り組みを通して、多くの人が成長したように思う。

「とにかく続けること」だよね。やってしまえば何でもないことが多いんだけど、続けるということはすごく大事だけど、難しい。続けるためには、続けていく「人」がいる。人材がいる。続けるには、人材が継承されないかん。それが一番大切なこと。

未来をつなぐ「世界青年平和文化祭」

世界青年平和文化祭は基本的に、SGI（創価学会インタナショナル）の中で、日本を中心にしながら世界中で、毎年行われていたわけ。そのものの意味は、国籍《こくせき》・民族・地域・言語を全部超えた、人間として青年としての集合・連帯をシンボルとして世界青年平和文化祭がSGIの括《くく》りとして行われておったと。それが被爆地ヒロシマでの開催になった。海外ではシカゴやハワイでも。国内では東京、名古屋、大阪、広島……。

その中で広島は二回あった。被爆四十周年になる昭和六十年と、五十周年になる平成七年と。開催意義としては、若い人を育てよう、若い人が主役である。文化である。世界の青年の連帯である。そういう様々な目的とテーマで文化祭が開催された。

私自身の忘れられない思い出としては、昭和五十七年十月二十日の広島青年平和文化祭（西区・県営陸上競技場）がある。当時二十七歳。今の広島スタジアム。僕はこの時、広島県庁で働きながら全《すべ》ての演目をコントロールする行事進行をやった。練習の会場や時間、練習段階をずっとやって、本番も演目の出入りを動かしていく立場を裏方でやらせてもらった。当時、仕事も忙しかったから残業せないかんわけよ。みんな残業しとるわけ。で僕は転勤で広島に戻ってきて一番下なのに、業務時間終わったらすぐ「失礼します！」って帰るわけよ。現地行って全部準備せないかんから。マーカー打ったりだとか。

練習会場のあと、打ち合わせが午前一時、二時に終わって家に帰る。それから仕事するわけよ。午前二時、三時、四時と。そういう生活がずっと続いておった。でも大成功でやり終えた時の、爽快感《そうかいかん》はなんともいえなかったね。どういうポジションであれ、みんなそうだったと思う。自らの体で体感した文化祭を通して、多くの若者が育っていったと思う。

平和創造の取り組みにあっては、何をやってもいい。ただ自分の体をフルに動かし、汗してつかむというか、そこから生まれるものを大事にして欲しい。継続は力なりを銘記してね。

戦いなさい、それがお父ちゃんの願いだ

「原爆症で二十歳までは生きられない」と医者から言われた私が、四十七歳まで生きた。「生き抜いた」ことが子どもたちに残した、ただ一つの財産であった。あとは、被爆二世の使命をもって生まれた君たちが、「二度と戦争のない世界」をつくるために戦っていきなさい。それが、お父ちゃんの願いだ。

松浦唯幸
まつうら・ただゆき
昭和十年、広島市生まれ。同五十七年十二月逝去。当時、聖教新聞社中国業務局長。
松浦城光（まつうら・しろみつ）
昭和三十八年、広島市生まれ。同六十二年、広島大学理学部卒。創価学会本部勤務。
松浦伸作（まつうら・しんさく）
昭和四十年、広島市生まれ。平成元年、早稲田大学政治経済学部卒。聖教新聞社勤務。
松浦高広（まつうら・たかひろ）
昭和四十三年、広島市生まれ。平成三年、創価大学経済学部卒。創価学会広島池田平和記念会館勤務。

阿鼻叫喚《あびきょうかん》

「戦争ほど、残酷《ざんこく》なものはない。戦争ほど、悲惨《ひさん》なものはない」。これは小説「人間革命」の冒頭の一節である。この一言は、私の胸に深く刻まれた。原爆の悲惨。これこそ、戦争のもたらした地上最大の悲惨事であった。二十幾万の市民の生命を奪った焦熱地獄《しょうねつじごく》の様相は、さながら、この世のものとは思えない悲惨なものであった。阿鼻叫喚とは、まさにこのことであろうか。

生い立ち

私の家は、戦前、三越の電車通りに面した鉄砲町にあった。父・佐一は、着物の仕立て職人であった。そこで、嫁入りの華《はな》やかな着物や芝居の衣装《いしょう》などを手がけていた。その後、近くの竹屋町に移転し、さらに三川町に移った。三川町の家は、広島地方裁判所の真裏にあった。行き止まりの一番奥の家だった。

その日

私は、ここで被爆した。十歳の時であった。爆心地からは約八五〇メートル。一キロ以内の死亡率は八三パーセントである。そのなかで私は、奇跡的に生き残った。しかしながら、前後の記憶は消失し、昏睡《こんすい》状態が続いた。気がついたときは、頭部と足に大けがをし、着ていた服は血で真っ赤に染まっていた。髪の毛は、ぜんぶ抜け落ちて、生死の死線をさまよった。死は時間の問題といわれたが、どうにかまぬかれることができた。だが、原爆の魔手は十歳の私から、愛する家族を次々と奪い去っていったのだ。

当時、父は、すでに仕立ての仕事をやめて、東雲にあった鉄工所に働きに出ていた。その通勤の途中で被爆した。長女の輝江（二十歳）は、下中町にあった広島中央電話局の交換課に勤めていた。ほぼ爆心地にあり、即死であった。二女の澄江（十五歳）は、出汐町にある陸軍の赤れんが造りの被服支廠《ししょう》に徴用《ちょうよう》されていた。そこで被爆したのか、自宅でなのかは定かではない。母・花（四十五歳）と三女の岩子（六歳）は自宅で被爆した。長兄の秀夫は、すでに三年前に病死していた。一家のなかでは、兵隊にとられていた次兄の弘荘だけは直接の被爆をまぬかれたのであった。

被爆後

被爆後、父の勤めていた鉄工所の倉庫の一角に身を寄せ合った。そのときすでに、二女と三女は亡くなっていた。髪の毛がすっかり抜け落ちた母は、被爆から二十日後に死んだ。父は、外傷はなかったが、昭和二十一年の六月のある朝、突然、死んだ。三菱造船所に勤めていた次兄が来てくれて、一緒に遺体を焼いた。立ち上る黒い煙を見つめながら、私は深い孤独に沈んだ。

以来、次兄の勤務先の三菱造船所の寮に、お世話になった。観音小学校、観音中学校を卒業した後、三菱の職業訓練学校に通った。本が好きで、暇さえあれば本を読んで過ごした。夜間には国泰寺高校で学んだ。

原爆の影響は、つぎつぎと現れた。白血球の減少にはじまり、内部器官がつぎからつぎへと悪くなっていった。関節炎、リュウマチ、ろっ間神経痛、胃かいよう、胃がん、肺病など……苦しみの連続である。毎年、原爆症で死んでいく人は増加していった。新聞紙上に発表されるごとに、やがては自分も同じ運命をたどるのかと思うと、不安と病苦で人生は灰色であった。内気で孤独、ヒネくれた性格は、ますます、こうじていった。中学を卒業して、学校から一流銀行に就職の推薦《すいせん》をしていただいたこともあった。しかし、母親がいないという理由でだめになった。孤独な性格は、さらにつのった。

創価学会に入会

職業学校を卒業し、三菱造船所に勤務することが決まったときは、うれしくはあったが入社したときから、病院通いをしなければならない状態であった。入院中、夜中に廊下《ろうか》をバタバタと走る音がする。また誰かが亡くなった。明日は自分の番かもしれない……。日蓮大聖人の信仰を勧められたのは、このようなときであった。半年くらい反対したが、入信すれば、かならず立派な人間になれるという強い確信ある言葉に、昭和三十一年の暮れ、やっと入信を決意したのであった。それから三年間は、非常に苦しい戦いであった。病苦との闘《たたか》い、会社からの圧迫など……ともかく題目を唱えぬいた。

入信から五年目に創価学会男子部の広島地域の責任者の一人に推薦された。そのとき、池田会長（当時）から写真をいただいた。裏には「共に元気に」としたためてあった。思わず目頭が熱くなった。よし、後輩を立派に育て、期待に応《こた》えていこう。指揮を執《と》る者が、いつも病弱では、立派な指揮はとれない。元気いっぱいに戦っていこう。池田先生は、じっと見ていてくださるのだと心に固く誓った。病弱な私もしだいに元気になった。

結婚、子どもの誕生

昭和三十七年、妻・信江と結婚した。たとえ私が短命であっても、短い間だけでも一緒にいたい——妻の思いが勇気を与えてくれた。翌年、長男の城光が生まれた。元気な子であった。被爆二世であることは心から離れたことはなかった。二男の伸作、三男の高広も、元気であった。この三人の子どもの存在は、私の一生の誇りである。

余命二、三カ月

それからは、風邪ひとつひくこともなく、仕事に打ち込んだ。だが結婚二十年目となる昭和五十七年の一月のことであった。腹部に異常を感じ、病院に行った。医者から即刻入院を告げられた。翌日、開腹手術。胃がんが、腸から腹膜にまで転移し、手のつけられない状況になっていた。「余命二、三カ月」。これが医師の宣告であった。もちろん私は、知らされなかった。手術から一カ月後、退院して自宅療養が始まる。順調に回復していると思いこんでいた私は、わがままを言って食事療法を受けつけずに、妻を困らせた。思いあまった妻は、諭《さと》すように、ありのままの病状を私に告げた。辛《つら》くはあったが、それからは、病気と真正面から向き合うことができた。

乗り切って

季節は冬から春となり、「余命二、三カ月」の期日は乗り切った。だが、夏になると、肺に水がたまり始めた。食欲もほとんどなくなった。八月末に再入院。それから百十四日間、病院のベッドで過ごした。妻は、ずっとつきっきりで看病してくれた。長男と三男も、交代で病院に泊まり、寝ずの世話をしてくれた。東京の創価学園の寮にいた二男が題目を送ってくれているのも聞こえていた。私は、末期がんの病《やまい》にあったが、家族の愛情に包まれて、同志の皆さんの励ましに支《ささ》えられて、不思議と痛みはなかった。心は平和であった。

昭和五十七年の十二月八日の朝。病院のベッドの側に長男がいた。妻は、洗濯物を干しに病院の屋上に行ってくるという。「さようなら、ありがとう」。晴れやかな青空の日であった。私は深い眠りについたのであった。

今も思い出すことがある。あるとき、長男から「原爆のことを教えてほしい」と言われた。私は沈黙した。被爆体験を継承しようという子らの心に最後まで応えてあげることができなかった。原爆忌に平和公園に行ったこともなければ、原爆の惨状《さんじょう》を伝えるテレビやラジオも拒絶《きょぜつ》した。被爆当時、十歳だった私にとって、あの光景を客観的に述べることは不可能であった。

被爆者の血は、私の血であった。被爆者の死は、私の死であった。思い出そうとするだけで、全身が熱くなり、吐《は》き気がして、体のなかの原爆症が再発するかのような恐怖《きょうふ》におそわれるのである。語ろうにも、語れなかった。

私に残せるものは何もなかったが、「原爆症で二十歳までは生きられない」と医者から言われた私が、四十七歳まで生きた。「生き抜いた」ことが子どもたちに残した、ただ一つの財産であった。あとは、被爆二世の使命をもって生まれた君たちが、「二度と戦争のない世界」をつくるために戦っていきなさい。それが、お父ちゃんの願いだ。

〈もし父が自分史を書いていたら――そういう思いで、残された家族が意見を寄せ合って作成したのが、この一文である。父は二十九歳のとき、創価学会男子部が編纂《へんさん》した文集『革命児』（昭和四十年刊）の中で自身の被爆体験の一片を綴《つづ》っている。それを元にしつつ、被爆直後や少年時代の様子などは、父の次兄である松浦弘荘氏から貴重な証言をいただき、補足した。父が病床に伏した時期は、長男は高校三年から大学一年、二男は高校一年から二年、三男は中学一年から二年に当たっている。子どもなりに父の健康回復を必死に祈り、未来への不安に耐えた。また、一進一退を繰り返しながらも、「今日はご飯が食べられた」「今日は立ち上がることができた」と病魔《びょうま》に負けないで戦う父の姿に感動した。約一年間の闘病生活が、平和の尊さ、信仰の偉大さを、どれほど私たち三兄弟に教えてくれたことか。我が身を削って残してくれた財産であると感謝している。

私たちは、学会の青年部のなかで、核の脅威展《きょういてん》などの展示活動、世界学生平和会議への参加、核廃絶《はいぜつ》の署名運動、広島・長崎・沖縄の三県サミットへの参加、全国学生の平和意識調査、反戦出版など、さまざまな平和運動に携わってきた。もちろん、被爆二世という自覚はあるが、何よりも私たちは、「父が病気になったとき、わが事のように心配してくださり、回復を祈ってくださった皆さんに、いつの日か恩返しをしたい」という気持ちで一杯である。原爆症で苦しんだ若き日より、父は創価学会の中で大切にしていただき、蘇生《そせい》した。この学会に脈打つ「一人を大切に」という心の連帯こそが、戦争を防止し、世界平和をつくる根本であると訴え続けていきたい〉

記憶にないあの日

あの日、母は私の体を覆《おお》って亡くなった

あの日、母は私の体を覆《おお》って亡くなりました。母にかばわれて生き残った自分が今、カナダの地で、ささやかながら命の尊厳《そんげん》を尊ぶ人の輪を広げようとしている。ほんとに、心から感謝するばかりです。母の死を、その後の父、祖父母の苦労を絶対、忘れない、無駄《むだ》にしない。それが私の戦い。決意です。誓いです。

KOUCHI MATSUMOTO
カナダ・オタワ市
こうち・まつもと

一九四三（昭和十八）年、東京生まれ。六六年、愛媛大学農学部卒。六七年、カナダ・カールトン大学大学院に入学。その後、アメリカ・ミシガン大学大学院へ。七二年、ミシガン大学の修士号取得。七三年、カールトン大学の修士号取得。七二年、カナダ・マッギル大学、そしてシャーブルック大学研究員を経て、八六年から理工協産株式会社（東京）の主任研究員に。以降カールトン大学で開発研究に従事し二〇〇三年、熊本大学の博士号取得。

父と母、そして私

私（当時、晃二）は一九四三年二月十一日、東京・麹町《こうじまち》区（現在は千代田区）九段四丁目で生まれました。もともと父（多喜男）の出身は愛媛県西条市で、母（千津枝）は広島市幟町です。

母は、アメリカ・カリフォルニアのサンタアナで生まれました。広島から一家で移住して、サクラメント郊外で大きな果樹園を経営していたとか。母は六人兄弟の長女で、妹三人、弟二人ともアメリカで生まれたそうです。対日感情が悪くなった戦前に、一家あげて日本に帰ってきました。

父は、戦前・戦中に東京でNHK交響楽団《こうきょうがくだん》の前身の交響楽団で、コンサートマスターを務めていたバイオリニストでした。祖父（憲一）は、西条市で高校の教師、曾《そう》祖父（喜十郎）も新居浜で小学校の校長をしました。祖母（晴子）は大妻学院（今の大妻大学）で教えていたそうです。

父と母は太平洋戦争が始まる前に、東京で結婚し、戦争中、米軍B29による東京大空襲で、全部焼けたものですから、家族あげて母方の実家広島に引き揚げてきました。四月に広島に来て、上柳町（現在は幟町）に住み、八月に原爆に遭《あ》っています。

私には、広島の記憶は全然ありません。実を言うと母のことも原爆のことも知りませんでした。原爆のあと、残された家族は、四国の新居浜に移りましたし、しばらく両家はあまり行き来がなかったのです。新居浜西中学校に入学してから、父と母が結婚した時の写真を祖母が見せてくれまして、それから母のことをいろいろ話してくれました。私も大きくなったし、母の実家の大崎家ともつながりをもっとつけておいた方がいいと父や祖父母たちは思ったのでしょう。

助けること出来なかった、許して

八月六日の朝、上柳町の自宅で、ちょうど食卓を囲んで朝ご飯を食べていたそうです。祖父は当時五十五歳、祖母は五十一歳。父は二十九歳で、母は二十五歳。私は二歳で、母の膝《ひざ》の上でした。急にものすごい大きな音がして、家がねじれるように崩《くず》れて、みんな家の下敷きに。何が起きたのか、わからなかったけれど、必死になって、一番最初に出られたのが祖父、木が太股《ふともも》を貫通《かんつう》していたらしいです。そして祖母、父を出して、私に覆《おお》い被《かぶ》さるように倒れていた母をみんなで助け出そうとしたが、ベランダの大きなはりの下敷になっていて、どうしても助け出せない。

失神していた私を、足のほうから引っ張り出したけれど、母をどうしても引っ張り出せなく、周《まわ》りからどんどん火の手が近づいてきているのが見える。そうこうしていたら、「あんたら何してるの。早く逃げないと焼け死ぬよ」と近くの田中のおばさんが来られたので、「千津枝がはりの下なので。すまないけどこの子を抱いて先に逃げてください」と言って、私を預けて逃げてもらったそうです。

そのあと、母を必死で出そうとしたが、火がどんどん迫ってきて、意識のあった母は「もう出られないから、早く逃げて！」。母を残してやむなく逃げるしかなかった。近くの幟町に住んでいた母の父も爆死。爆心地から一・五キロでした。

「一生懸命やったけど、どうしてもあんたの母さんを助けることが出来なかった。晃《こう》ちゃん、許して」と、父や祖父母が涙ながらに語ったこの言葉をその後、何度聞いたか知れません。初めてそんな話を聞いて、広島の母の実家を訪ねました。その時、母方の祖母、相良おばあさんからもらった、疎開《そかい》して残っていたアルバムと母の描いた絵を今もずっとそばに大切に置いています。

家族そろって、創価学会に入会

新居浜市に疎開してから、父はバイオリン教室を開き戦後、音楽に飢《う》えていた人たちのために父の弟子、音楽教師の人たちと新居浜交響楽団を結成。ベートーベンの第五や第九の演奏をよく覚《おぼ》えています。

とにかく松本家は東京で空襲をうけて財産全《すべ》て失っていました。それから広島で原爆に遭いました。やはり人生を考えて、幸福になりたいというのが、切実にみんなの気持ちにありました。私も心を強くする糧《かて》になるものが必要だと、子ども心にわかっていました。信仰は自分の命を高め、人間としての最高の行いが出来る人格をつくるような宗教でないといけない。中学生の頃、そう思って自分なりに求めていました。祖父母も父も独立心が強く、逆境にめげずそれぞれが信仰を求めていました。

まず祖父が折伏をうけ創価学会の話を聞き、生命が根本から浄化《じょうか》され、平和の元《もと》になる信仰だということで入会しました。一九六三年にまず祖父、そして六四年一月に、祖母、父、継母、妹弟、私（大学二年生の時）も、入会しました。

一九六七年にカナダに留学

東京では健康優良児で表彰されたこともあったようですが、体がそんなに強いほうではなくなって、できものが身体いっぱいにできて、時々休んだりしていました。特に原爆症みたいなものが出たことはなかったです。大学で何をするかを考え、身体が丈夫でないので農業をと思い、愛媛大学の農学部に入学。生物化学を専攻《せんこう》し、テーマは酵素《こうそ》で、安定化させる研究に没頭《ぼっとう》しました。卒業前に、カナダの大学院に留学してはという話があって。試験をパスして、しばらく研究室に研究助手で残って、六七年八月に、カナダに留学。日本を発《た》つ前、創価学会学生部の夏季講習会で、池田先生（現創価学会名誉会長）より激励を受け、全《すべ》てに勝ってゆく決意をしたことが忘れられません。

カナダ・カールトン大学の大学院では、酵素の反応機構を研究しました。当時は一米ドルが三六〇円時代で日本からの留学生は大変少なかった。生活費など全部、奨学金《しょうがくきん》で賄《まかな》ったのですが、生活は苦しかった。学会員は一人も居ず慣れない環境で、必死になって勉強しました。また、寸暇を惜しんでは勇んで弘教《ぐきょう》に励んだものです。冬はすごく寒く、マイナス二五度から三〇度、風の強い時はマイナス四〇度近くにということも時々あって、それでも、負けてなるかと。カールトンで二年、新しい酵素の反応基質《きしつ》を合成し学会誌にも発表。それからアメリカ・ミシガン大学院へ。七二年、モントリオールのマッギル大学の研究員になり核酸の酵素の研究に従事しました。

慢性疲労性症候群《まんせいひろうせいしょうこうぐん》で倒れる

一九八四年、試練を迎えました。リンダと結婚した直後でした。当時は母校・カールトン大学の研究員をしていました。リンダの待つトロントで結婚式をあげ、オタワの新居に移ろうとした日の朝、目が覚めると筋肉全部が痛み体が全く動かない。両脇抱えられて病院に行くと「即刻入院を」となり、被爆の影響かと一時心配になりました。下された診断は、慢性疲労性症候群。当時、世界でも珍《めずら》しい病名でした。ハネムーンが病院ですから。リンダには苦労かけました。

負けず嫌いを発揮して

二年くらいあまり動けなかったです。普通は早い人でも五年くらい、長い人は一生、寝たっきりとか。ウイルス性ではないかとのことですが、いまだにはっきり原因はわからない。体が思うように動かなかったが、それでも日本の会社からありがたい援助があって、前と同じように研究を続けられました。

少しずつ体を動かせるよう鍛《きた》えていきました。自分一人でカナダに来ていて、負けてしまっては、リンダにも他の人達にも心配や迷惑《めいわく》をかける。人より十倍遅いのだったら、よしそれなら人の十倍智慧《ちえ》を働かせて、同じ出発点に立とうと、気持ちを奮い立たせてやってきました。なにしろ、大変なハンディキャップがありましたから、いっときも無駄《むだ》には過ごせなかった。リンダの大きな支《ささ》えもあって、研究に力を注げるようになって、研究分野は酵素の基礎研究に始まって、医療品、浄水装置、サルモネラ菌《きん》等有害菌の検定試薬の開発など応用化学全般に及びました。おかげで特許数でも多くの成果を残すことが出来ました。

最後は自分自身との戦い

では、どうやっていったか。私自身、毎日、これだけはやりきりたいということを決め、自分を叱咤激励《しったげきれい》する。人一倍疲れやすい体の状態で、ちょっと油断するとバランスを崩《くず》し、帰ってきてちょっと横になると立つのが大変。だが、負けられない。

実証を示したいが全《すべ》てです。人生、戦いです。最後は自分自身との戦い。勤行と唱題は真剣にならざるをえません。自身との戦場に行くわけですから、一生懸命前もって毎日、明日成したいことのプランを立て、いかにチャレンジしていくかを考えました。御本尊様の前、仕事場のデスクとベッドの横に、置いてある使い古しの紙の裏に、ひらめいたことをメモし実行しました。つまらない考えと思ったものでも、必ず書いてのけておいて、あとですばらしい結果に発展したことも多々ありました。人に遅れを取らないだけでなく、責任を果たし勝っていけるようにと祈りながら、自分に言い聞かせて。原爆をうけたからそうなったのか、それはわかりませんが、自分は健康の問題があるから出来ないではなくて勝つためには智慧《ちえ》を働かせ、いろいろ自分に合った方法を考えて努力、実行しました。

博士論文の審査《しんさ》にパス

カールトン大学の研究助手から始まって、一九八六年からは会社の研究職として、同大学の研究室で開発・研究を重ねてきてサルモネラ菌等有害菌をチェックする検定法も開発していました。三年前（九九年）に会社から日本で研究を進めてよいと許可があり、熊本大学で更にサルモネラ菌の検出法を開発、発展させ、また医薬品中の有害なリポ多糖《たとう》を特異的に吸着《きゅうちゃく》させて除くという方法も作って、成果を発展させることが出来ました。これをまとめて博士論文にして、二〇〇三年三月、熊本大学での審査をパスしました。

妻・リンダに支えられて

妻のリンダは、グラフィックデザイナーで、アニメーターとしての才能を生かし、機関誌の発展にも貢献してくれていました。

結婚する前から、リンダは私が被爆者であり、母を亡くしていることは十分《じゅうぶん》知っていましたし、彼女が戦争にすごく憤《いきどお》りを覚えたと言ってくれたことが、今も忘れられません。戦争、核兵器使用は絶対にいけない、止めないといけない、そのためには究極的には人間の精神性を高めていく以外、真の解決の道はない、とよく漏《も》らしていました。核兵器の使用は悪魔《あくま》の所為《しょい》であることを時代精神にしていかねばと、強く思います。

母はどんな人であったのか

母の記憶はありません。遺品《いひん》とか、特に写真や残した絵などから、母はどんな人であったのか、生きてたらどうなんだろう、などと想像しますが、やはり肌《はだ》で感じたいですねえ。母が絹《きぬ》に草花を描いた美しい水彩画は数少ない残った形見です。この絵を見て想像するのですが、自然を愛し、そして心の優しい美しい母だったと思います。父は母がおこったら、英語になっちゃうんだと、笑って言っていました。めったに夫婦喧嘩《げんか》はしなかったそうで、それだけ印象深かったのでしょう。

日蓮大聖人が書かれた、「開目抄《かいもくしょう》」に、涅槃経《ねはんぎょう》の貧女《ひんにょ》の譬《たと》えが引かれています。大河に飲まれても幼い我が子を手放さず、ともに水没した貧女は、その慈念《じねん》の功徳によって命終《みょうじゅう》の後、梵天《ぼんてん》に生じたといいます。我が子を守りながら、亡くなった母もまた、求めずして仏果を得たと確信します。あの日、母は私の体を覆《おお》って亡くなりました。母にかばわれて生き残った自分が今、カナダの地でささやかながら命の尊厳《そんげん》を尊ぶ人の輪を広げようとしている。ほんとに、心から感謝するばかりです。母の死を、その後の父、祖父母の苦労を絶対、忘れない、絶対、無駄《むだ》にしない。それが私の戦い。決意です。誓いです。

「後継《こうけい》」の像は私たち母子

カナダの自然は本当に美しいです。カナダ人のライフスタイルも、おおらかで気さくです。私たち夫婦には、子どもはいませんが周《まわ》りにいる子どもたちが我が子のように愛《いとお》しいです。世界平和への夢を受け継ぐ使命の人たちですから。その子どもたちの成長を祈り、彼らのために何ができるかを考え、取り組みたいなって。

広島県の大朝町・中国平和記念墓地公園内に一九九七年、建立《こんりゅう》された「世界平和祈願之碑《ひ》」。世界のヒバクシャを追悼《ついとう》する碑であり、人間蘇生《そせい》、人間復権《ふっけん》の碑であり、平和建設の戦士の碑との意義を込め建立され、位置がちょうど東経一三二度二七分の爆心地の真北に当たると聞き、ほんとにうれしくて。

この碑の六体の像のなかに、「後継」の像があります。制作者はフランスの高名な彫刻家・デルブレ氏。未来を拓《ひら》くために、世界の平和のために送り出していく母親、きりっとした表情の幼児。後継の使命を決意し、自覚していることを両手を横に広げて表現したとのこと。

感動です。この「後継」の像に、私たち母子を連想しました。私の母だけでなく広島の亡くなった幾万の母たちの思いも、この像に凝縮《ぎょうしゅく》しているように、私には感じられたのです。私たち夫婦も、「後継」の二文字を胸に刻みたい。定年後のカナダでの新たな人生の旅立ちにあたって、そう決意しています。

腹いっぱい食べてほしかったんよ

孤児院《こじいん》育ちの私にとって寿司《すし》は高嶺《たかね》の花やったから、庶民《しょみん》の子どもに生きのいい高級な魚を腹いっぱい食べてほしかったんよ。だから、もうけを度外視《どがいし》した日本一のジャンボ寿司にしたわけよな。店内満員のお客さんは目を白黒させながら、新鮮な瀬戸の海の幸《さち》を堪能《たんのう》しきってる。

河口　力
山口県柳井市

かわぐち・つとむ
昭和二十年、広島市生まれ。被爆した母親は同二十五年、三十八歳で死亡。兄と姉との三人で母の里・阿多田島で暮らす。同三十九年、岩国へ。同四十二年、創価学会に入会。同五十四年、河口水産を設立。同六十三年、ジャンボ寿司「力寿司」オープン。

原爆で家族が崩壊《ほうかい》

原爆について私は何も知らんのですわ。今もうちの兄貴は語《かた》り部《べ》をやっていきおるけどなあ。兄貴に原爆の絵を描かすと真っ赤に塗りつぶすだけ。わしには体験はない。私は、昭和二十年五月十五日生まれで、生後三カ月の時。兄貴は十二歳。何で父親がおらんのか。何で兄貴は背が低いのか。という疑問が生じたわけよ。兄姉と三人の生活じゃったが、兄が原爆に遭《お》うとるんだなとようやく思ったんが小学五、六年頃やった。

うちの家族は、向洋（今の仁保町）の青崎一丁目に住んでた。爆心地から六キロ。ガラスは割れる、タンスは倒れる、原爆投下で。私は母の背中に、おぶられてた。その後、母は寝たり起きたり。大竹の国立大竹病院に、入院しとった。

母が亡くなったのは、昭和二十五年の七月二十八日。三十八歳だった。私がまだ四歳の時。昭和十五年生まれの姉も三十九歳で亡くなった。父は二度目の出征《しゅっせい》に行って、朝鮮で広島は壊《かい》滅《めつ》状態、家族も全滅《ぜんめつ》だと聞いて広島に帰らず九州の博多に戻って、そこで新しい人生をスタートさせてしまった。デマがそうさせたんか。

母の里・阿多田島での生活

母が亡くなって、大竹から、阿多田島（周囲一二キロ、人口二七〇人位、一一五世帯の島）に連れて帰られたという記憶《きおく》があるんよ。母悲しさ、父寂《さび》しさのまんま、小学一、二年を。兄姉と三人での島の生活。それで生活が出来んで、私は広島の宇品の孤児院に入れられた。しかし、寂しさのあまり夜になると私は孤児院を抜け出して。どうしてもイヤで、逃げては警察に捕《つか》まり、連れ戻されるのを繰り返す中で、阿多田島に返された。

阿多田島の心ない人たちが、「これは、どこ行ったか」って言うんですよ。片腕を上げて、それを耳に付けて。最初、誰のこと言いおるんかと思った。実は、兄貴は原爆で、腕が耳に付いてしもうた。それを自分で治すのにだいぶ苦労してたけど。これがみんなの口ぐせになってね。兄貴は体が小さい。当時、土方の仕事してても、体力がなくすぐ息切れがする。けど兄貴にはよう面倒みてもろうた。寂しくなったら、「あんちゃん、あんちゃん」言うて泣きよった。波止場《はとば》の先に立って、「あんちゃん」て叫ぶんよ、寂しい時。その記憶はくっきりと覚えてる。

そんなことから、母が居ないから馬鹿《ばか》にされるんか。父が居ないから馬鹿にされるんかという思いは持ってたね。当時、私が住んでた家は納屋《なや》でね、隣《となり》が牛小屋。納屋にわらを敷いてそこに寝る。ただで。雨が降れば漏《も》る。風は吹き抜ける。貧乏《びんぼう》しとるからみんなが馬鹿にするんやなと。「チクショウ！」っちゅう世間の人への憎《にく》しみが起きたわけよね。それは、はっきりと覚えとるわなあ。

だから、兄貴が人に馬鹿にされたら、小学校五年、六年の頃でも大人だろうと追っかけて。昔、親父の兄弟が海軍の人で、その家の剣を盗んで追っかけて、「たたき切ったる」って叫んだり。だから、けんかに強かった。相手をつかんだら、意地《いじ》でも放さん。

あの一発の原爆によって、兄貴はケロイドだらけになった。朝の朝礼で学校のグラウンドにいて被爆。着ていたランニングシャツの痕《あと》が体に残った。当時、兄貴は十二歳。兄貴はじかに死人も見てるし。私は、生まれて三カ月で何もわからん。放射能がどっちむいてるかもわからん。だが、その原爆でうちの家族が崩壊した。母は早く亡くなった。母親の里である阿多田島に引き揚げにゃならん。人生は百八十度狂った。相手にされなかった。いつもしばかれて泣きよったから。他の子どもを泣かしよると、大人に殴《なぐ》られた。

そんな時、わしの姉（多喜美）がいつも盾《たて》になってくれた。わしの姉が殴られるわけ。それが悔《くや》しくてな。だから、今にみちょれよって。

河口に近寄るなよ

とにかく何かをせにゃいけん。みんなを見返すことができん。みんな以上に、両親が揃《そろ》うとる家庭のように幸せにはなれんと。自然と体が他の人以上に動くわけやな。中学に入る。網元《あみもと》の家で働かしてもらう。夏休み、春休みは百姓《ひゃくしょう》でべったり働かしてもらった。みちょれやがれよという気迫《きはく》が仕事に出てくる。

原爆後遺症は遺伝《いでん》すると中学に入ってからちょくちょく聞くようになった。「河口に近寄るなよ」と。原爆はうつるんだと。兄姉との三人が日陰《ひかげ》のような思いで生活した。島で原爆に遭《あ》ったのは、うち一軒だけだったから。

同級生も近寄るなという。そういうなか、中学を卒業した。人を信用しちゃあならん、同情もしたらいかんのだ、自分のことだけを考えて生きていくのが強い人間だと。島の中の心ない人たちからそういう仕打ちを受け、そういう認識《にんしき》を持って育った。しかし、非行に走らず、ただ、あれらよりか立派になっちゃろうと、金持ちになっちゃろうという思いの方が強かった。

商売人の夢持ち岩国へ

それで昭和三十九年、十九歳で単身本土に渡って岩国の市場にわしを雇《やと》ってくれと行ったのが商売人の道への第一歩やったな。島にいて漁師をしてても、雨が降れば漁は休み。風が吹けば沖には出られん。金は儲《もう》けれん。金を儲けるためには、本土に渡って商売人になるしかない。それで、岩国の魚市場に飛び出したわけよな。

仕事は、岩国の観光ホテルに魚市場から魚を納めることやった。その配達をわしに任された。持っていった時に目方を量《はか》ってくれたのが今の女房・定江ですわ。阿多田島から出てきて、なんとも言い表せられない寂しさを女房に何度もぶつけてたねえ。そして昭和四十三年、岩国の労働会館で結婚式を挙げた。新婚旅行にも行かず、その日からすぐ仕事ですよ。「河口君、仕事に来たら別に五千円手当てつけちゃるけえ」という社長の言葉に魅力《みりょく》を感じて翌日から働き、銭を貯《た》めていった。新婚旅行にも行かず、その分すべて貯金したんよ。それだけでなく、冷蔵庫、洗濯機、テレビなど金のかかるものは一切買わんかった。ひたすら金、金、金の毎日で、つめに火を灯《とも》すようなつつましやかな暮らししやったね。

その前、二十二歳の時、女房に誘われて学会に入った。でも、本気にならなかった。楽しいはずの新婚家庭に潤《うるお》いがなくなり、夫婦の間はいつしかいらだちと口げんかの絶えない悲惨《ひさん》な家庭になってたね。そんな中、金だけが頼りという私の人生観に転機《てんき》が訪れるとは。

転機

私は、住む家もなく雨漏《も》りのする牛小屋で過ごした少年時代を思い出すたびに二度とごめんだ。早く金を貯めて自分の家を建てなければと、貧乏神の亡霊《ぼうれい》に追い立てられるように働いたね。酒もタバコも飲まず、男同士のつき合いは一切絶ってひたすら働き続けた。そのかいあって、昭和四十七年八月に三百坪の土地に新築の家を建てることができた。しかし、それでも夫婦の争いは絶えず、溝《みぞ》は深まるばかりやった。しかも、悪いことに妻だけでなく最愛の長男からも、職場の同僚や地域の人々からもいつしか完全に孤立《こりつ》している自分に気づいてね。

気力と根性で絶対に人生を乗り切っていける。そして、妻と子どもを幸せにしてやるという人生観がガタガタと崩《くず》れてしまった。人は信用しちゃいけん。人を踏み倒してでも自分は上にあがりゃないけんと思ってたんよ。それは、幼い時からしみついたものやった。自分の心はもちろん、体をしばかれたりもするし、物心両面にわたった貧困を家庭の中で味わったから。

そんな時、近所の学会員の人たちが、本当に真心《まごころ》から心配してくれた。「お父さん、体に気を付けてね」「車に乗るのん、気を付けてね」などと。阿多田島では、父親が育った地域ですらそんなことがなかったのが、他人の学会員の人達からの真心からの励まし。ものすごく今まで心につかえていた意地っ張り、拒絶感《きょぜつかん》、同級生に対する憎《にく》しみ、叔父・叔母に対する憎しみが薄紙《うすがみ》を一枚一枚はがしていくようにはがれていったな。

これほど真心でつきあってくれる人たちが、この世にあるもんじゃろうかと。学会ってものすごく温かいとこなじゃなと。現実に人の真心を目《ま》の当たりにして、そう思った。人の見方が百八十度変わった。人に対しての慈愛《じあい》、優しさ、思いやりをとっくり学んだ。だから、今までの自分の人生に矛盾を感じるようになった。人をうらむより、自分を強くせよって、三十三歳で発心《ほっしん》したわな。私も人を大切に、一人の人を大切にせにゃあいけんとな。それが人生を勝ち抜いて、幸せを作るカギじゃと思うよ。

魚市場の花形・競り子

それからは、昼は魚市場で花形ともいうべき競り子《せこ》として売買を取り仕切り、夜はパルプ会社でとまさに二十時間働き詰めの毎日やったね。そして、昭和五十四年四月、念願の水産物卸《おろし》会社・河口水産を設立して独立した。しかし、世の中はそう甘くはないね。魚を巡る商売は熾《し》烈《れつ》を極め、新参者の私に魚の仕入れをしてくれる業者は一人もなかった。それからは、真夜中に起きてやむなく隣県の広島まで仕入れに出かける事態に陥《おちい》ってね。

遠距離の仕入れは魚の鮮度が落ち、輸送コストが高くなるほど地元の同業者と勝負にならん。

けど、負けられんかった。負けるわけにはいかん思うて頑張った。心の支えは、「勇気が大切」って言葉やったね。その甲斐《かい》あって、ようやく地元の市場にも出入りできるようになってね。水産業者としての信頼も勝ち得ていくことができたんよ。そして、四年後の昭和五十八年には安定した経営を続けることができるようになった。

日本一のジャンボ寿司

かつて漁師をしてたので、荒海で働く漁師たちの苦労も手に取るようにわかるんよ。だから、漁から帰ってくる海の男たちの労をねぎらって酒と魚を出してた。そのうちに、仲間うちで評判となり、にわか仕込みの寿司屋になったんよ。これで、地域に貢献《こうけん》できるんならと、昭和六十三年に「力寿司」をオープンした。我が「力寿司」の自慢は、「うまい、安い、豪快《ごうかい》」と三拍子《さんびょうし》そろったジャンボ寿司。約二〇センチのハマチ、アナゴ、イカ、タイといった寿司ネタをナイフで切って食べるので有名になったんよ。

本業が魚の仲卸業であるだけに新鮮な寿司ネタがいくらでも提供できる。孤児院育ちの私にとって寿司は高嶺《たかね》の花《はな》やったから、庶民の子どもに生きのいい高級な魚を腹一杯食べてほしかったんよ。だから、もうけを度外視《どがいし》した日本一のジャンボ寿司にしたわけよな。

店内満員のお客さんは目を白黒させながら新鮮な瀬戸の海の幸《さち》を堪能《たんのう》しきってる。店でも最高の笑顔でお客様を迎え、最高の寿司ネタを提供して元気な人情話でもてなすように心がけて。

そんな店の様子と、私の生き方がテレビ東京の「人間劇場」で全国放映されたり、テレビ、ラジオで数多く紹介されたんよ。今では、山口県玖珂郡由宇町神代という瀬戸内海の片田舎に、山口県内はおろか中国、関西、九州方面からもお客さんが来られる。さらに日本の番組がブラジル、ハワイでも放映され、ブラジル、ハワイ在住の方が日本に帰郷《ききょう》された時にお客さんとして来てくれたりしてね。少しでも、お客さんに喜んでいただけるように挑戦《ちょうせん》の心を持ち続けてます。その結果、新鮮な寿司ネタを提供するために定置網《ていちあみ》の設置許可を願ったきたのが、三〇〇メートルの定置網の許可も取れて漁獲《ぎょかく》の増大に大前進してきたんよ。

また、念願やった隣地のコーヒーショップ四〇〇坪を買収することができて寿司屋の店舗拡大《てんぽかくだい》、駐車場の拡大が希望通りに進んでね。また、たまたま買い取った土地をボーリングすると何とそこから活魚、鮮魚の成育に最適な海水が噴き出してきたではありませんか。我々水産業者にとっては、良質な海水は宝物で、これによって水産業の規模拡大も奇跡的《きせきてき》に実現することができた。今は、二男も河口水産、力寿司の後継者として頑張ってくれてる。

寿司慰問《いもん》

平成元年から寿司慰問を始めたんよ。毎年一回七月頃に。一口でいえば、社会への恩返しかな。タイ、ハマチ、ヒラメなどの活魚をトラックいっぱい積んで、施設《しせつ》を訪問する。

皆さんの前で魚をさばいて、寿司を作って食べてもらうんよな。孤児院に入ってからはずっといじけとったんよ。友だちもおらんで。寂しくてな。いや、友だちを作らんかったともいえる。それが、こんな気持ちになるまでさせてもらってな。ほんと感謝ですわ。また、今までに二回、宮島の連絡船を借りて身障者の皆さんを乗せて、魚釣りにも行ったりもした。たくさんの思い出ができてな。みんな喜んで生き生きしとった。

ボランティアをやってみんなの笑顔を見ると、悲惨な戦争、大量殺戮《さつりく》の原爆、原爆後遺症のことを思えば……。戦争は一つの大きな出来事。それに匹敵《ひってき》する悩みを持つ人はたくさんおる。身障者の皆さんに自分自身が受けてきた幼少時代の屈辱《くつじょく》の日々を、ちょっとでも味わわせとうないという思いしかないね。

初めはやっぱり、いろんな中傷・批判の嵐やったね。売名行為ではないのかとね。善意の行動も相手の取り方によっては「力寿司」を売るための行為ととる人も。そんな中、歯を食いしばって頑張ってきた。「真心」で応《こた》えていこうとね。

忘れられないあの日

原爆孤児《げんばくこじ》、韓国《かんこく》への数奇《すうき》な人生

原爆がいかにむごかったか、親を亡くした原爆孤児の辛《つら》さ。僕はたまたま金山さんと出会って、韓国に渡っていい知れない苦労をして、数奇《すうき》というか考えられないような経験をしたけれど。……戦争孤児がどれほど大変か、その辛さはどこの国でも同じやと思う。原爆に限らないんじゃと思うよ。だから、同じように戦争で親を亡くした韓国の弟とは、実の兄弟と同じようなつき合いを続けとるんですわ。

友田典弘
大阪府門真市

ともだ・つねひろ
昭和十年、広島市生まれ。九歳で原爆孤児となり、韓国へ。異国での生活は過酷を極め、朝鮮戦争では戦火に逃げまどう。同三十五年、たった一人の肉親の祖母が見つかり、二十四歳で日本に帰国。同三十七年、創価学会に入会。妻の佳世子さんとの間に四男一女。

校舎の地下で

幼い頃の思い出というとね。お父ちゃん（多市）は早くから病気で亡くなってて、働き者のお母ちゃん（タツヨ　当時三十歳）と弟（幸生　当時八歳）の三人家族。お母ちゃんは洋服仕立ての商売を継いでいて、時間をさいては自宅そばの元安川で弟と私の手を引いて、ボートによく乗せてくれてね。優しいお母ちゃんやった。夏は産業奨励館《しょうれいかん》、今の原爆ドームを見上げながら、泳いだもん。学校は自宅から歩いて十分たらずの袋町小学校。

あの日（八月六日）、原爆が落ちた朝、学校に遅れていったんよ。当時、僕は九歳で四年生やった。いつもは真《ま》っ直《す》ぐ学校に向かうのが、この日は遊びながら行きよったから、それでちょっと遅れたわけよ。

実は、その時大きな飛行機がブンブン飛んでた。青空にね。これはあかんと思って、校舎の前に立ち止まってから上を見てた。そしたら、上級生が「はよ、こっち来い」と呼んでたので、うるさいなと思いながら、校舎のげた箱のある地下室へ降りていった。自分より後に、遅れた子が四人くらいおった。皆、運動場に立ってた。

僕が地下室に入った途端《とたん》、ピカッて光って、目の前が真っ暗で何も見えないわけよ。ほこりも舞って。あの時、どのくらい地下室にいたんかな。何が起きたんかわけもわからず。右足にガラスが突《つ》き刺《さ》さってて、足を引きずりながら階段上がっていったら、さっきの友だちが黒こげの死体になって転がっていた。

校庭におった弟の姿も消えていた。後で聞くと、当時、学校にいて助かったのは私を含め三人だけ。他の約百人の生徒は皆死んだと言うんよね。とにかく後で、原爆が広島に投下されたことを知ったんよ。しかも、五〇〇メートル先が爆心地《ばくしんち》だったこともね。

僕は裸足《はだし》のまま、荒木君という同級生と袋町（小学校）の裏の門から比治山のほうに向いて、歩いて逃げていった。僕は、比治山へ上がったが、荒木君とは別れてしまい、結局、彼は、比治山の方で行方不明になった。

原爆で皮膚《ひふ》も焼けて、凄《すご》かったですよ。それで僕も三日間、何も食べなかった。水も飲めんかった。死にかけたところを兵隊さんから、水とカンパンをもらって助かったんよ。このまま、死ぬんかとさえ思った。元気をつけて、三日間経《た》ってからうちの家を探しにいった。

母を探して

あたりは何にもなくなっていて、広島駅から市電の線路のあとを歩いてうち（家）まで行った。大手町五丁目のうちいうたら、NHKの真向かいのところにあってね。家のあった場所へ着いたら見ると跡形《あとかた》もなく、何もなくなってて。母もいない。もう涙すらでんで、茫然《ぼうぜん》とたちすくむばかりじゃった。

近くの川には死体があふれてた。川の中は死体の山で、水が流れているのは、一メートルくらいやった。ほんまは、一〇〇メートルくらい川幅があるのに。家がなくなったので、しばらく市役所の中で寝泊まりしてた。役所の中にも、遺体《いたい》が三列ずらっと並んでた。怖《こわ》いので、毎晩泣いた。

この世のものとは思えん状況だった。役所には配給があって、トラックでおにぎりを積んできた。一人、一つか二つ分け与えられたんよ。そこで、家に間借りしていた金山三郎さんと会った。金山さんは、「お母ちゃん、どこ行った。一緒に探してあげよう」と言って、探してくれた。探しに行こうって言ってくれたけどもわからんよね。

僕の家に行ってスコップで掘っても何も出てこんしね。仕方ないから諦《あきら》めて。しばらく川土手にバラックを建てて生活した。まわりにも同じような人がたくさんおった。

金山さんが韓国《かんこく》に帰らないといけなくなった。けど、原爆が落ちた年の九月、台風（枕崎台風）が来て、橋を渡る前に、水があふれて。大学のグラウンドで遺体焼いていたからね。橋を渡るのに、風がきつくて、子どもの僕じゃ、風に飛ばされてしまうので、金山さんにしがみついて、橋を渡った。雨がジャージャー降っていたことを覚えてる。

金山さんが韓国の友だちとしゃべっていたが、何を言っているのか分からなくて。韓国に、金山さんのお姉さんが住んでたんで。金山さんは、韓国に帰りたいけど、この子（僕）がいるからどうしようか思ったんと違いますか。

それから、同じ年の九月に私も一緒に韓国に行くことになって、広島から貨物《かもつ》列車に乗って門司に行った。そこには、韓国の人が何人もいて、船が入ってくるまで待つ。船はあまり大きくなくて、三十〜五十人くらい乗るような船で、桟橋《さんばし》から出たんです。

金山さんと韓国に

朝八時に韓国の釜山《プサン》に着いた。韓国に入る時には、日本語をしゃべっちゃいかんと言われ、何を聞かれてもアボジ（お父さん）、アボジとだけ言え、と言われた。桟橋から降りてくるときも、韓国の警察、憲兵《けんぺい》の前を通る時もそうしたんですわ。

韓国での僕の名前は、金進（キム・ヒョンジニ）。これは、金山さんがつけた名前。もう一つ名前があって龍海（ヨンへ）。これは、自分でつけたんよ。海から龍《りゅう》が昇るように強く生きていきたいと思ってね。金山さんに連れられて、金山さんの家に連れて行ってもらった。けど、あの当時は日本人を追い出していた時だったから、「何で日本人連れてきたんか」とけんかになって……。子どもだからとしかたないから、置いてもらった。それで、金山さんが仕事に行ってる間、家に居づらくて、道で待っていたりした。

市場での暮らし

僕はことあるごとにいじめられ、もうこれまで、と冬の寒い夜、毛布を一枚持って家出したんです、昭和二十三年だったかな。金山さんが結婚して、その嫁さんに自分の子どもができて、家に入れさせてくれないわけよ。もう会話には困らなくなっていた。

僕と同じように戦争で家族を失って行くところがない子ども（孤児《こじ》）が四人くらいいて、仲良くなったんよ。昼は米兵の靴《くつ》を磨いてお金をもらったり、食堂を手伝って、おこぼれでお腹《なか》を満たす日々が続きました。同じ境遇《きょうぐう》の子どもたちばかりで、一緒に悪いことしたりもした。

一緒に居ると楽しかったし、寂《さび》しさを忘れることもできた。しかし、いつまでもこんなことしてたらあかんていうことになって、それぞれが仕事を見つけて別れた。

お世話になった娘さんと出会ったのは十四歳の時でね。家出して、ある市場でこの人の妹が一緒に暮らさんかって言ってくれてな。それで、お母さんと話して一緒に暮らすかって言われて。家族に話したら、僕を連れて来いいう話になって。それが貧しい家庭で。家族六人で、狭《せま》い部屋で暮らしてた。しばらくして、ここから出ていったんですよ。生活苦しいから。自分で探さなあかん思ってて。

韓国戦争に巻き込まれて

そうこうなんとかやっていたら、韓国戦争（朝鮮戦争）が昭和二十五年に始まったんよ。朝起きたら、戦争が始まってた。ダイナマイトが弾《はじ》け飛んだり、近い街でバババババーンと銃撃《じゅうげき》戦《せん》が行われたりと。「あなた、よお、助かったね」とよく言われた。三、四日してから、軍隊が来たんよ。初めは日本の軍隊だと思った。けど、しゃべる言葉が同じ韓国語やけど、全然発音が違う。北朝鮮の軍隊だった。戦争に遭うたんですよ。

逃げまどった三年間やったね。仲良くなった仲間はちりぢりになって。戦争終わってからパン屋さんで働いた。そこで偶然、妹に会うて。家帰ってこないのって言われて。そこで仕事ぶりが認められて、二十歳を前に住み込みで働けるようになったんです。

望郷の思いに駆られ

休みの日には、韓国の外事部に行って、日本に帰れるようにしてくれって。日本人である証明は何もない。日本語も忘れてましたしね。韓国の国籍《こくせき》もなかった。一時は兵役にもとられた。お母さんが夢の中に現れて呼んでくれてね。その当時ね、韓国の空見ながら、「日本に帰りたい、帰してくれ」言うて泣きながらね。半《なか》ばあきらめていたところ、市場で働いていた女の子とお母さんが手を差しのべてくれて。その女の子がキム・シェスニ。僕より三つ下やった。僕の身の上を知ると、年取ったお母さんが、日本語で筆をとってくれて。

三十通はくだらなかったね。それがまた、国交のない日本と韓国の間をこじ開けてくれたと思う。でも、日本に帰るまで時間かかったよね。僕は、一年、二年ですぐ日本に帰る気でおったけど。できんかったからね。「日本帰りたい。帰りたい」て言うてね。何度も何度も手紙を書いたんですわ。広島宛《あて》に何回もね。けど、全然返事がこないけえ。

それでも、今、韓国のどこどこに住んでてね。学校はどこに通って。戦争の前に広島の三次《みよし》に疎開《そかい》に行ってたとか。疎開から帰って原爆に遭《あ》ったとか。いろいろ書いた。

やっと帰国出来る

それからまもなく、広島市長から連絡があって。外務省に何回も自分で足も運んで、やっと話しこんでね。そうこうして、帰るまで三年かかったかな。確か。いろんな協力してくれたからね。

当時、浜井（広島市長）さんがね、韓国にこういう人がいるから帰してくれと、幹部の人が来た、もう仕事せんでええと。一カ月くらい、市役所にいた。みんなにあいさつして、帰る前、空港まで見送りにきてくれた。広島で浜井市長が迎えてくれて、広島で働くところも紹介《しょうかい》してくれた。昭和三十五年のことだった。

大阪で生活する

けど、それから一年経《た》たんうちに大阪に行った。日本に帰ってからも、大変やった。つらいことばっかりでしたわ。日本語も忘れてたし。

大阪に来てから、短気をおこしてけんかして、何回も仕事も変わりましたよ。馬鹿《ばか》にされているような気がして。大阪では韓国の経営者のところばかり探して仕事をしてた。けど、みんなようしてくれました。そして、大阪で佳世子と結婚したんです。

韓国に居た時から体の調子はあんまりよくなかったんやけど、この頃から、血圧も低く、めまいがするんで、妻が心配して病院に行くように言うんで、検査したら病気（白血球の数値が異常《いじょう》に下がった）やった。原爆後遺症《こういしょう》やったんかもしれん。それからの十年間は、病気との闘《たたか》いやったね。

ヤンさん親子を探す

その後、帰国願いの手紙を代わって書いてくれたヤンさん、キム・チェスニさん親子のおかげで日本に戻れたんで、会ってお礼を言いたいと思ってて。弟に、いうてもソウルのパン屋で働いていた同僚《どうりょう》なんやけど、頼んで探してもらってた。六年間、一緒に住んでたからね。それでお礼言わなあかんから、探しておってね。市役所関係の人に探してもろうたけど、見つからんでね。なんで見つからんかったかいうと、名前変えとったからね。警察関係も調べてもらったけど、同じ名前が四百人。その担当の人が「私が責任もって探します」って言ってくれて……。結局、とてもじゃないけど難しい。

三十五年ぶりの再会果たす

それで、最後の望みをかけて九五年に韓国に行った時、テレビに出て、「命の恩人《おんじん》を探してます」言うて。なんと終わってからヤンさんの娘さん、キムさんから電話がかかってきて。すぐテレビ局に駆けつけてくれたんです。テレビを見てたキムさんの友人が「あなたの名前をだれかが呼んだよ。探してるよ」って言って伝えてくれ、テレビ見たら私がいて、びっくりして、兄貴と一緒に会いにきてくれた。三十五年ぶりに再会したんですよ。ヤンさんはその時から十七年前に病気で亡くなったことを聞かされた。そして妹さんも亡くなったと。

「お母さんがどんなに会いたがっていたか。息を引き取る前まで、あなたから連絡を待っていたんよ」と。韓国のお母さんに親孝行出来なかった悔《くや》しさで、もっと早く会えてたらと泣いたよ。キムさんは「私らが仲良くし続けることが、お母さんが一番喜ぶことよ」と言ってくれて、また泣いた。

この人のお父さんも軍隊で日本人に殺されて。僕も初め全然知らんで。六年間、一緒に居て一度も言わなかった。ヤンさん、キムさんも、どういうことで日本から韓国に来たか聞かなかった。

原爆孤児で数奇な人生

自分でもよく考えるけど、原爆に遭うて、韓国戦争に遭うて助かったから、よっぽど運がいいんだなって。広島の原爆では、いっぺんにバーンて爆発してね、韓国では目の前で銃撃戦が起こってね。それはもう、助かったのがおかしいくらい。

原爆がいかにむごたらしかったか、親を亡くした原爆孤児の辛《つら》さ、寂《さび》しさ。僕はたまたま金山さんと出会って、韓国に渡っていい知れない苦労をして、数奇《すうき》というか考えられないような経験をしたけれど。その辛さは実際に経験したもんじゃないと、分からないのとちゃう。嵐君もそうやった。袋町小の地下室から一緒に手を取って逃げた友だちの一人が、嵐君。その嵐君も原爆で家族全員を亡くしたんです。随分《ずいぶん》昔に、島根県で寿司屋をやってるから、遊びにおいでって、言われたことがあってね。十年前に亡くなったという知らせを聞いた時は、まさか死んだなんてって。

韓国の弟とは実の兄弟つき合い

戦争孤児がどれほど大変か、その辛さはどこの国でも同じやと思う。原爆に限らないんじゃないかと思うよ。だから、同じように戦争で親を亡くした韓国の弟とは、実の兄弟と同じようなつき合いを続けとるんですわ。二十年前に、韓国に行って以来、ちょくちょく足を運んではね。

爆心から五〇〇メートル……語り続けていきたい

子どもを持って、絶対二度と戦争起こしてはいけないっていうことをつくづく思い知りましたね。二度と子どもたちにあんな思いさせたくないなって。爆心から五〇〇メートルでの被爆《ひばく》……戦争体験、被爆体験を語り続けていきたい、それが生きて平和な時代を迎えることの出来た私の使命だって、思っています。

吉崎孝子
岡山県笠岡市

よしざき・たかこ
昭和二年、島根県浜田市生まれ。同二十年、広島第一陸軍病院看護婦隊第一期生として入隊。同年八月六日、爆心から五〇〇メートルで被爆。同三十五年、創価学会に入会。同年に正さんと結婚。子育てを終えて、看護師としての仕事を。平成十二年、夫を亡くし現在、二男一家と暮らす。

生い立ち

古里は島根県国分町（現在の浜田市国分町）の唐鐘って、海岸近くの田舎《いなか》です。女五人男三人兄弟姉妹の一番上で、長女なんです。父（岩本亀二郎）、母（タミ）ともやさしい人でした。子どもの頃はわりと裕福《ゆうふく》でした。ところが父が農業しながら、海産物の商売してたんですが、連帯保証《れんたいほしょう》の責任取って、財産なくしたんです。徴用《ちょうよう》で尼崎の軍需《ぐんじゅ》工場へ。しばらくして帰って、浜田の缶詰《かんづめ》工場に行ってたんです。

看護婦隊第一期生に

広島市の基町にあった広島第一陸軍病院。その看護婦隊第一期生にどうかって話があって、受けて二十年四月に入隊。同期生が二百人くらいでしたか。半年で卒業し八月には、外地に看護婦を派遣《はけん》する初めての試みだったようなんですね。八月初めに、爪《つめ》や髪を切って、兵隊と同じように家に送りなさいって。

朝から夜遅くまでずっと、勉強、勉強で。島根から五人でしたが、こんなに厳《きび》しいとは思いませんでしたから、晩になると泣いてました。家に帰りたいって。まだ十七歳ですもんね。

八月六日

ずっと、空襲《くうしゅう》があってね。その日も、空襲解除《かいじょ》になって防空壕《ぼうくうごう》出て、奥野さんと加藤さんと私三人並んで朝のおトイレに入って、「いっつももんぺじゃけど、今日はスカートはこうね、もう今日は空襲ないけぇ」って喋《しゃべ》りながら、モンペのひもを結ぼうと持ったんですよ。その時、左側からいきなりピカッときたんですよ。で、高い窓を何かなっと覗《のぞ》こうとした途端《とたん》、ひっくりかえりました。

光と同時に、どぉんと。そして建物の下敷きになりました。おトイレは木造だったんで、助かったんですねえ。鉄筋の寄宿舎はつぶれましたから。意識はありませんでした。だいぶたってものすごい熱さで気がついたんです。真っ暗でした。もう目も開けれませんでしたね。出たい一心で、体を動かして。すぐ火がきてますからね、熱くなったから気がついたんです。

三十分か四十分身動きとれずにがたがたしてたら、兵隊さんが「誰《だれ》かおるのか」って、私は大きな声で「助けてください」って。全部どけてくださって、出してくださったんですけどね。その兵隊さんの髪は焼けこげ、血だらけで、服も全部やぶれてて。「早くここから逃げた方がいいよ」って、背中を丸めて、両手の皮はまるでジャガイモの皮をむいたようにぶらりと下げて、どっかへ行かれました。で、あとの二人も気になりましたけどわからないんです。

逃げる

もう、周《まわ》りに何もありません。あっちもこっちも火だけあがっていました。泣き叫ぶ声、うめき声、救いを求める声と地獄《じごく》のありさまです。人の流れにまかせて放心《ほうしん》状態で逃げていきました。左腕はひどい火傷《やけど》をしてるし、顔からいっぱい血を流しながら、そして建物の下敷きになった時に打撲《だぼく》したらしく、左半身、特に左足が痛むんです。

途中で加藤さんに出会ったんですよ。うれしかったですね。加藤さんが耳痛いから見てって言うんですよ。耳の半分下が爆風で飛ばされてるんですよ。可哀想《かわいそう》で耳がないとは言えなくて。それから今度は奥野さんに出会ったんです。奥野さんはうずくまってて。どうしたのって言ったら、何も身につけてない。だから、私は痛む足を引きずりながらボロ着を拾ってきて、腰に巻いてあげてね、三人でとぼとぼ歩いて行ったところが戸坂でした。

途中、にげまどう中で、今なお脳裏《のうり》に焼き付いて離れない光景があるんです。子どもを守ろうとしたのでしょう。大地に四つん這《ば》いになった母親の背中は赤く焼けただれ、服は焼けちぢれてました。赤ちゃんは、その母親の乳房《ちぶさ》を無心に吸い続けてる。まもなく母親は息絶えてしまう。でも誰もどうすることも出来ませんでした。

奥野さんは昭和二十二年に亡くなられて、加藤さんもその後、探したけど消息不明、親友だった田牧治子さんとはずっと会いたくて、何度も探したんですけど、今もってわからずじまい。爆心地から五〇〇メートルだったですからねえ。

戸坂国民学校で

その晩はもう、避難《ひなん》してきた人が大勢《おおぜい》横たわっていた校庭に、ごろんと寝たんですよね。疲れてしまって。でも痛むんですよ。頬《ほお》のところがカギざけに裂《さ》けて、今はきれいになりましたけど、八センチくらいの切り傷があって傷口が開いてて。で、頭も切れて、傷があって触《さわ》ったらわかるんですけど、いっぱい血が流れて、手がやけどでぴりぴり痛んで。

次の日だったか、兵隊さんが気が狂って、日本刀振り回してるんですよ、校庭で。で、怖《こわ》くなって三人で、夜になって山に行ったんです。三日ほど山で生活してました。お腹《なか》すいたら畑でキュウリを取ったりナスを取って食べて。朝起きたらいっぱい亡くなってた。それで山の麓《ふもと》で焼くんです、死んだ人を。何人か積んで油をかけて、また何人か積んで油かけて。その臭《にお》いがいやで。

ウジがわく

三日目くらいに陸軍病院の生徒はいないかって、放送があったんですよ。いたら出てきなさいって。恐る恐る出て行ったんですよ。そしたら、初めて白ご飯食べさせてもらえました。あまり傷がない者には外でたくさん収容《しゅうよう》されている人の看病《かんびょう》をさせるつもりだったんですね。いっぱい畑に臨時《りんじ》の病舎が立っていました。

あまり傷がない人は看病にあたって。だけど、私は傷口からウジが湧《わ》き出してくるんですよね。で、治療《ちりょう》してもらえませんかって、初めて治療してもらいました。三日も山の中だったから怪我《けが》の方が、もう痛くて顔ががちがち。見たところ、一番ひどいのが私だったんです。

髪の毛抜ける

私、ものすごく状態悪くなったんですよ、四、五日たってから。髪の毛が抜け出したんです。朝、髪に手をやりますといっぱい手にかかるんですよ。生徒には民家を貸してくださって。私が行った家はおじいちゃんとおばあちゃんがおられまして、そこへ五人ほど預けてもらったんですね。昼間は病院にいって、でも私は体調が悪かったものですから、注射に行くんですよね、毎日学校まで。途中まで行ったら悪寒《おかん》がする。注射してもらって帰って休んでたんです。

浜田へ帰る

それから十五日の終戦。みんな家に帰れることになったんですよ。で、私と奥野さんは島根ですから一緒に帰ろうって。証明書もらって汽車で、出雲《いずも》まで。それから浜田の一つ手前の下府駅に着いて、そしてとぼとぼ歩いて帰ったんですよ。家に着いたらもう、暗くて夕食がちょうど終わったくらいでしたね。帰ったら母親がびっくりして、「どうしたの、真っ黒な顔をして」って、抱きしめて泣いてくれて。父は、「明日、広島に尋《たず》ねていこうと思ってたんだ」って。母はもう、泣いて泣いて。近所の人みんな来てくれまして、「タカちゃん元気だった？　よう帰ったね」って来てくれましたね。母が大きな声で泣くもんですからわかったんでしょうね。

体調悪く

それからが大変。母の闘《たたか》いもそれからでした。私の状態が悪いから。母は、もうこれ以上は出来ないというくらい心を砕き、世話をしてくれました。

白血球の数が少ないので「海草がいい」、髪の毛が抜けるのも「海草がいい」言うて。母の着物全部売りましたね。国立病院に行って、白血球調べたら健康な人の半分以下、千九百じゃないかって言われまして、こんなんで動いたらいけませんって。

安静でということだったんですけど、部屋がありませんしね、兵隊さんでいっぱいですからね。だから、我が家で静かに寝るしかないって言われたんです。で、熱が出るんですね。母に苦労かけてはいけないと思って、どんなに熱が出てしんどくても、母に言うたことないです。ところが泣くんですよ、私の姿を見たら。一日おきに三九度から四〇度くらいの熱。でも、冷やすくらいでなんにもないですからね。これといった治療はないですから。夏は特に辛《つら》く、いつも不安で死の影《かげ》におびえていたといいましょうかね。

そんな状態の私でしたが、あの日の母子の姿がどうしても忘れられなくて。あの時、亡くなられたたくさんの命を思っては、また苦労して私の命を支《ささ》えてくれた母の恩に報いるためにも、なんとか、再び看護婦として働かなくちゃあいけないって。少し状態良くなって、傷だけは治療してもらって、昭和二十一年三月、国立浜田病院に復職《ふくしょく》したんです。

入会、結婚

健康になりたい一心で、昭和三十五年に入会。結婚も考えていなかったのですが、どうしてもという話があり、三十五年に結婚しました。被爆しているのを隠してね。その後も相変わらず高熱に悩みました。

妊娠《にんしん》をきっかけに、医者を通して被爆者であることが夫にわかってしまいましてね。夫も随分悩んだようですが、生まれた長男を抱き上げた時、覚悟《かくご》をしてくれたようです。それからは、心から私をいたわってくれるようになって。

長男、二男誕生

とうてい出産は無理と言われた私でしたが、何度かの流産の後に、長男を三十七年に、二男を三十九年にと無事出産することが出来たんです。うれしかったです。二男はなんと八月六日が誕生日なんです。ところが二男は二カ月目に肺炎と腸捻転《ちょうねんてん》で、それ以外にも何度か大変になったこともありました。

それでも二人とも被爆の影響はないとの医者の診断《しんだん》に、ほっとしたことを覚えています。子どもたちには幼い頃から、折々、私の体験を話して聞かせていましたよ。子どもたちは目にいっぱい涙をためて聞いてくれていましたね。長男が小学校一年生の時、こんな作文を書いてくれたことがありました。

「ぼくは、おおきくなったら、こくれんじむそうちょうになって、せんそうをぜったいしないようにします。おかあさん、あんしんしてください」と。

ああ、こんなふうに受けとめてくれてたんだって、もう胸が詰まって……。

信じられないくらい健康に

おかげさまで二人の子どもも、今は社会人となってそれぞれ家庭を持ち、孫も生まれました。長男は出版社に勤務し、本の編集出版の仕事に携《たずさ》わったこともあり、問題意識を持って生きているようです。二男は手の平にのるくらいの未熟児《みじゅくじ》で生まれ、病弱で心配しましたが、高校に入って陸上競技を始めたんです。主人も若い頃、やっぱりそうでしたから。それからは幼い頃が信じられないほど、元気になって大学の四年間は、箱根駅伝に四回出場して、そのうち二回は区間記録を取ったんですよ。今も、仕事の傍《かたわ》ら社会人の現役ランナーで走っているんですから。

二十年間、悩み続けた原爆の後遺症も気にならないくらい、健康になりました。一生消えないといわれた頬《ほお》の傷も、ほとんどわからなくなったでしょ？

子を持って強く思う

やっぱし、子どもを持って絶対に平和でなくちゃいけないなって、絶対二度と戦争起こしてはいけないっていうことをつくづく思い知りましたね。それまでは被爆のこと忘れようと思ってましたけど、今も忘れたい気持ちありますけど、でも、子どもを通して戦争だけはどんなことがあっても起こしてはいけないなと強く感じましたね。二度と子どもたちにあんな思いさせたくないなって。爆心から五〇〇メートルでの被爆……戦争体験、被爆体験を語り続けていきたい、それが生きて平和な時代を迎えることの出来た私の使命だって、思ってます。

国を動かすには若い人の力が必要

若い世代の人たちが、日本が「核兵器廃絶《はいぜつ》」の先頭に立つよう、政府を動かしていかなくては。そうして被爆国として、日本が核兵器の被害状況をもっともっと世界に呼びかけ、知らしめていく様々な行動を起こさざるを得ない状況を、生み出してほしい。それには、若い人たちの力がなんとしても必要だ。

梅迫解詞
東京都多摩市
うめさこ・さとし

大正十三年、安芸郡音戸町生まれ。昭和十六年、明治大学予科入学。同十八年、学徒動員に。戦後、大学を中退し、大洋漁業に勤め、同三十年から大日本印刷に勤務。同三十六年、創価学会に入会。定年退職後、本格的に被爆者援護活動に。現在、東京都原爆被爆者団体協議会（東友会）顧問。多摩やまばと会会長。

あの時広島に帰ってて

父は大崎島、母は音戸出身、父親が造船会社の社長で朝鮮にいて、私も小学校は朝鮮で行ったんです。中学は広島で旧制山陽中学に。弟が三人いて私が長男。昭和二十年頃はもう大学の予科終えて学部に入って、東京・神田に下宿してたんですが、何回も空襲で下宿を焼け出されて、学徒動員でね。戦時特例で翌年三月卒業を、九月には繰り上げ卒業させるというので、東京にいてもしようがない、体調が悪いとか言って一週間くらいの予定で広島に行き、八月五日の晩に、中学の友だちと彼の叔母の家（爆心地から一・二キロ）の留守番を頼まれて、観音町の家に泊まってたんです。

当時二十一歳。朝、空襲警報《くうしゅうけいほう》が解除《かいじょ》になって、警戒《けいかい》警報になった。間もなく警戒警報も解除。終わったから、ズボンも脱《ぬ》いでステテコとランニングだけで。私は茶の間に居たら、パァーっと光ったもんですからね。家の真ん前に大型焼夷弾《しょういだん》が落ちたと思ってね。直《す》ぐに座布団《ざぶとん》をかぶったんです。家がガタガタと揺れた。瞬間に潰《つぶ》れて下敷きになったんです。それで友だちは、廊下《ろうか》だから直ぐ外へ出られるんですが、廊下のガラスが体に刺《さ》さってね。体中がガラスだらけ。瞬間に割れたんだから。彼は家が潰れた時には、外に放り出されていた。

川からいかだで逃げる

私は、家の下敷きになった。上から友だちが呼ぶんですよ、「おいおい」と。私は、「ここにおるんだい」と。「どこや」「ここの下や」の繰り返し。座布団を上からかぶっとったから大丈夫だったんですが。背中に柱があって、動くとそばり（ささくれ）が立つんですよ。運良く、体にもろに当たらずに、少し動けるぐらいの隙間《すきま》があるぐらいのところにおったわけです。友だちに人を呼んできてもらって、やっと出れたんですが、頭から血が一杯出ていたんです。

そうこうしているうちに、火が見えるんですよ。これは駄目《だめ》だ。火がそこまで来ていたんです。早う逃げんと火の海になる。そこは観音といっても川向うは舟入です。火の手もあちこちであがっていた。二、三軒先が燃えている。

周《まわ》りは阿鼻地獄《あびじごく》だった。道路の周りは死体だらけ。死体や馬なんかも焼けただれていた。これは大変だ。こんなことをしていたら、前にも後ろにも行かれなくなる。川岸から見ると川船が、川の真ん中の橋桁《はしげた》につないであったんで、二人であの船に乗って、川下へ行こうと泳いで船までいくとね。そしたら、棒で叩《たた》かれて、船が沈むから来るなと乗っている人が言うて。仕方ないんで川岸に戻った。どうしようか考えて、倒壊した家の柱二本とむしろを持っていかだみたいにして、満潮の川に浮かべてそれにつかまりながら川下へ泳いだんです。

川幅は一〇〇メートルぐらい。できるだけ真ん中を必死にこいだんですが、火は風に煽《あお》られて私らの方までときおりゴーッと炎が吹き付けてくるんです。すさまじいもんでした。二人は若かったから、物には執着《しゅうちゃく》がなかったが、あの時はもしかしたらこれで死ぬなと思った。もう二人とも必死だった。

それから真夏の晴天なのに空は、夜のように暗くなって、黒い雨がじゃんじゃん降ってきた。寒気《さむけ》がして寒い中をやっと、江波まで泳いでいってやっと岸に上がれた。当時としては大きな道路だった宮島への観光道路に、火傷《やけど》した人たちが一杯うずくまっていた。

草津あたりで、広島の異変を偵察《ていさつ》しに来た岩国の燃料廠《しょう》の兵隊のトラックに出会ってね。トラックに乗って指揮《しき》してた将校を見ると中学時代の知人じゃないか。「この先、もう入れんぞ。引き返せ」と様子を教えてやった。そして、そのトラックに乗って、宮島方面へ逃げたんです。

死んだものと思っていたと

翌七日にガラスが刺さった友人の占部敏夫君は、宮島口から宮島に渡って治療《ちりょう》を受けた。私はそのまま山口県柳井市の彼の従兄弟と叔母のところに行った。そこへ地元の警察が来て、警察署長から「広島で起こったことは、ここの人らには言ってはいけない」と。今、考えると言論統制《げんろんとうせい》なんだよね。戦争は負けだなと思った。よくぞこれだけの被害がたった一発の爆弾であるのかと思ったもんね。

まもなく引き返し、広島市内をあちこち歩いた。紙屋町、銀山町、蟹屋町など、なんにもなくなっていた。その時は、放射能なんか分からないから、何日も市内の友人の家跡を訪ね、夜は己斐の知人の家に行き、そうしたら気分が悪くなり、終戦まで、五日市の港近くの従兄弟《いとこ》の家にいた。十五日、宮島町で終戦を聞いたわけ。

父は早く朝鮮から帰って、九月には実家の大崎島にいた。私がいくら経《た》っても帰らないので、弟二人に広島まで行かせたが、焼野原。私からの連絡もない。九月に実家に帰ったら、父は私が死んだものと思っていたからびっくりしていたよ。大崎島に帰って九月の中旬から、髪の毛が抜けるし、歯ぐきからは出血も下痢《げり》もした。夜、寝るときに、明日の朝起きたら、死んでしまうかもしれないと思う日が続いた。それから養生のために島根の玉造《たまつくり》温泉、皆生《かいけ》温泉にも行った。温泉宿に私が中学時代通った銭湯の主人が同宿してたのです。その主人が口をすべらし「ピカ」にあったと言ったら、旅館の親父から、他の人にうつるから出ていってくれと言われ、温泉を大掃除するわで、主人は夜の十時過ぎに出ていかなければならなかった。情報がないというのは、怖《こわ》いものだと思った。

今日死ぬか、明日死ぬかと思い続けていた。昭和二十年末まで体調がすぐれなかったねえ。二十四年、妻の孝枝と結婚した。三十年、大日本印刷に就職し、埼玉県浦和市へ行った。それまでは、父の関係で大洋漁業に勤めていて、大阪など各地を転々してたんです。

三十六年に広島市で、妻が近所の大工さんの奥さんから学会を勧められて、その時、私も軽い気持ちで入会したんです。が、その後、これほどまでに人生を真面目に考えて生きる人たちに出会えて、ほんとに良かったと思うようになったんです。

被爆者支援に

戦後、被爆のことについては口をつぐんでいた。しかし、定年退職（五十五年）を前にして転機がありましてね。広島の被爆者の友人の東京にいるお姉さんから、医療の相談を受けた時なんです。「病院に行っても丁寧《ていねい》に検査してくれない」「体の調子が悪いと訴えているのに、精神障害だとかたづけられる」と。調べてみると、多摩市には原爆症の検査、治療を受ける指定病院が一つもないことが分かったんです。都庁や厚生省医療保健局を訪ねました。

また広島・長崎ではあまり生じない被爆者差別の実態《じったい》を知って。婚約を解消されたり、伝染病と吹聴《ふいちょう》され退職を余儀なくされた人など、極端な差別もありましたね。居住の立ち退きを迫られた人もいました。原爆症に苦しみながら、何の救援の手を差し伸べられないままの人も大勢おられた。

私は、多摩市の約五十人にのぼる医師を訪ねて説得しました。被爆者の会を作ってくれと言われ、一五〇人の被爆者と心を結び、やまばと会を作りました。全《すべ》ての病院が被爆者手帳所持者の指定病院になりましたけれどね。

アメリカへ

広島平和記念公園に「原爆の子の像」があります。原爆症により十二歳で亡くなった佐々木禎子さんの死を悼《いた》んで建てられたものです。一九九四年、その逸話《いつわ》を知ったアメリカ・ニューメキシコ州の子どもたちが「一ドル募金運動」を始め、その後、米国版「原爆の子の像」を建てたんですが。

その始まりの頃、その運動を励ますため、その同年、ニューメキシコ州の幾つかの都市を訪れましてね。原爆を生んだロスアラモス市原爆研究所も訪れ、市長とも激論を交わす機会があったんです。

私は、「戦争をやった人が、良いとか悪いとか言っているのではない。この核兵器によって、広島でも長崎でも日本中の人々が、何十年たった今でも苦しんで発病している。こんな状況を人類に遭《あ》わせてはならない。悪魔《あくま》の兵器である。核兵器の廃絶《はいぜつ》が被爆者の究極の願いだ」と。その時同席した通訳が素晴《すば》らしい訳をされた。とても凄《すご》かった。結局はお互いすれ違いに終わったんですが。

アメリカでは大半の人々が、真珠湾《しんじゅわん》開戦でアメリカが攻撃《こうげき》されたのが発端、でこの戦争を終わらせるために、核兵器を使って、早く終結させることが出来たと思っています。その夜、研究所にいる、現在は研究者になっている交換学生とも話をしたんです。

私は「原爆は怖《こわ》い。悪い兵器だ。しかしこれで戦争は終わった。じゃ日本が核兵器を作って、アメリカで使って、戦いに勝ったらどうか。考えてほしい」と言ったんです。

さらに「私は原爆に遭《あ》った。明日死んだり、明後日、ガンになっても構わない。誰も恨《うら》まないし、そういう運命だと思っている。しかし他の知らない人たちにそういう危ない目に遭わせることだけはしたくない。あなた方が研究しているエネルギーを平和的に安全に利用してほしい。ただ爆弾に使って、殺傷《さっしょう》に使ってほしくない」と言ったんです。

いったん、物別れになった市長から帰国前、食事をしたいと話がありまして。そこで私は

「真珠湾は軍人がやったことである。軍人は、撃《う》たれたり、撃ったりと命をかけるリスクを負っている。しかし私たちは違う。平穏に日常生活をしている者が、ある日突然に爆死させられる。五十年近く経過しても苦しめられる」そう言ったら、市長も納得《なっとく》してくれました。

彼らもアメリカが悪いと、言われれば売り言葉に買い言葉で反発する。しかし「核兵器」は人類と共存出来ぬ。戸田創価学会第二代会長が「原水爆禁止宣言」でこの地球上で最初に指摘した「悪魔の兵器」。全くその通りだと思った。

被爆者援護法《えんごほう》制定に奔走《ほんそう》

東京の被爆者の組織は、東京都原爆被爆者団体協議会（東友会）に一本化されており、ここに所属する被爆者手帳の所持者は約一万人に及びます。私は、およばずながら同会の運営に働かせていただいた。様々な団体、学者、為政者、行政等に力をお借りして活動はしますが、私たちの論理はとにかく、サンフランシスコ講和条約で、請求権を放棄した日本政府は、被爆者を第一に救済することです。また地球上唯一《ゆいいつ》の被爆国の政府は、「核兵器」のない世界を作る先頭に立つべきです。私は国にお願いして、被爆者援護法を働きかけた。東京は全国被爆者の会の中心で、国会、厚生省等に一枚岩で交渉し、イデオロギーに左右されず頑張りました。

核兵器はこの世界からなくしたい。何十年たっても後遺症に苦しめられる。核兵器の脅威《きょうい》にさらされて計算の出来ない人生になってしまう。日本に現在、約二十七万人の被爆者がいます。平均年齢がもう七十歳前後になった。当時弱い立場、体力のない、たくさんの子どもや老人が早くに亡くなった。今の若い人には、この状況がわからない。

核兵器をなくすことを若い世代に訴えたいですね。日本もアメリカの核の傘《かさ》で守ってもらうのではなく、そんな傘のいらない世界を懸命になって作ればいい。

とにかく核兵器の怖《こわ》さを知ってほしい。今、被爆者が国などを相手に原爆症の認定を求めて起こしている集団訴訟《そしょう》は、大きな意義があると思う。人類は核とは絶対共存《きょうぞん》出来ない。被爆者の中には、生活が大変で生きていけないと苦しむ人もいる。辛《つら》くて自殺した人もいます。私たち被爆者は氷の板の上に生きているようなものです。厚いか、薄いかの状況は違うけれど、いつ溶けて落ち発病したり、死没《しぼつ》するかわかりません。

若い世代の人たちが、日本が「核兵器廃絶《はいぜつ》」の先頭に立つよう、政府を動かしていかなくてはいけないと思う。そうして、被爆国として、日本が核兵器の被害状況をもっともっと世界に呼びかけ、知らしめていく様々な行動を起こさざるを得ない状況を生み出してほしい。それには、若い人たちの力がなんとしても必要なのだ。

生きている人も大事だが、亡くなった人の家族にも、一人一人に補償《ほしょう》してあげられる国にしてほしい。何年後か、あるいは二十年後には、確実に被爆者は何人《なんびと》も生きていません。

平和運動って、私は〝優《やさ》しさの表現〟と

平和運動って結局は、私は〝優《やさ》しさの表現〟だとそんなふうに思います。優しさにあふれた世の中でありますことを祈りながら、無差別に人殺しをする核兵器が使われることにならないよう祈りながら、全国各地から訪れる未来からの使者たちに、平和の尊《とうと》さを、命の尊さをこれからも語り続けていきます。

郭福順
広島市西区

カク・ポクスン
昭和三年、東京・北多摩郡生まれ。同十三年、広島県矢野町に。同三十二年、広島市基町に。同三十三年、創価学会に入会。同六十一年、ピースフライトの一員として、アメリカのワシントンに行き、「語り部」としての一歩を踏み出し、現在に至る。

感謝《かんしゃ》のこころでいっぱい

私の家の本棚《ほんだな》の中に『忘れません、今日のことは、いつまでも』と書かれたしおりがおいてあります。これは熊本県内の中学二年生が贈ってくれました。毎年、修学旅行の季節には日本全国から広島にたくさんの修学旅行生がやってきますが、私は、そういう戦争を知らない生徒さんたちに、在日韓国人《かんこくじん》として、また、被爆者として二重の苦しみを背負って生きてきた体験を語る「語《かた》り部《べ》」をしています。

以前の私は、人前で話すどころか、思い出すのもいや！　と思っていましたが、話を聞いてくれた生徒さんから、優しい励ましの手紙や、平和の大切さを感じたとかの手紙が届くたびに、生きてきてほんとうによかったと、私は感謝の心でいっぱいになります。

五歳のとき、母亡くなる

私の両親は、昭和二年に姉を連れて朝鮮から日本に来ました。私は、翌年の昭和三年に東京・北多摩郡で生まれました。父は土方で、母は賄《まかな》いの手伝いをしていたようです。私の小さい頃の記憶《きおく》は、山の中の飯場《はんば》生活で、山から流れてくる水で炊事《すいじ》をして、大きな釜《かま》でご飯を炊《た》いて、皆がきて食べたり……そういうことを覚えています。私が五歳のとき母が亡くなり、父一人では三人の子どもは育てられないので、姉は子守奉公《こもりぼうこう》に出され、父は弟だけを連れて旅回りです。私は叔父《おじ》夫婦に預けられました。

叔父が病気になって、山を降りてからは更に貧乏《びんぼう》になり、叔母《おば》が廃品回収《はいひんかいしゅう》を始めたので、私も選《え》り分けるのを手伝ったりしていました。その頃、石川県美川町で小学校に入学しました。

いじめられ、栄養失調に

入学と同時に私の名前は星野福子になりました。しかし服装も変だし、叔母がにんにくや唐《とう》辛子《がらし》を入れた韓国料理しか作らないので、「くさいくさい」と言われ、随分《ずいぶん》いじめられました。小学生だから日本人の子どもは短いスカートをはいているのですが、叔母さんの年代の韓国の女性は、人前で肌《はだ》を見せてはいけないという躾《しつけ》をうけていたので、私にも長いスカートをはかせるのです。

それに叔母は、日本語が話せなかったので片言しか言えません。「ムスメ、ヨロシク、オネガイシマス」とか言うと、友だちがその口真似《くちまね》をしてからかうのです。それが恥《は》ずかしいので道で会っても叔母を避けていました。そんな時は、家に帰ると「人の子はつまらん、自分が産んどらんけえ、親見て逃げた」と言って寂《さび》しそうにしていました。

運動会の日には、叔母は精いっぱいおしゃれをして、絹のチマチョゴリを着て見に来てくれるのですが、それが恥ずかしく嫌だったのを覚えています。「くさい」といじめられるので、料理は一切食べず、ご飯だけ食べるので、栄養失調になってしまいました。

わしおさんのようになる

ある日、私が皆に取り囲まれて、叔母さんの口真似をされていじめられていた時、「ダメじゃないの！」と大きな声でその子たちを怒り、泣いている私の肩に手をかけて「ねえー」と、優しく慰《なぐさ》めてくれた人がいました。

その子の手が私の肩に触《さわ》った時、震《ふる》えるほど嬉《うれ》しかったのを、今でもはっきり覚えています。笑うと目が三日月のようになり、髪を刈り上げにしていたその人は、同級生の「わしおあきこさん」でした。彼女との出会いは、私の一生の中でもとても重要な出会いとなりました。あんなに小さな時に、あんなに勇気ある行動を取れる人がいた！

その後もいろいろいじめられたりしましたが、〝私は、人をいじめたりするようなバカにはならない！〟〝私は「わしおさん」のようになるんだ！〟といつも思っていました。それからは、どんな嫌なこともスパーッと切り捨てるすべを身につけたと思います。かなり前に、私の話を聞いて鷲尾さんを探してくださった人がおられて、鷲尾さんとは今でも手紙のやり取りをしています。

お福とはすごい名前だ

私には幾つか素晴《すば》らしい出会いの思い出があります。小学校を六回も転校した私は、五年生の時、四国の高松の「さぎた小学校」に行っていました。そこでもよくいじめられました。私の名前が福子、福順と書きますので、先生から「お福」と呼ばれていました。それでいつも「お多福《たふく》、みふく」と言ってはやしたてるので、泣きながら「お福」と言わないでと言うと、先生はいじめていた男子を呼ばれ、頭をごっつんしてくれました。

そして、授業中に「お福というのはすごい名前なんだぞ。恐れ多くも三代将軍をお育て申した春日局《かすがのつぼね》の名前がお福と言うんだ」と皆の前で言ってくれたのです。この時の嬉《うれ》しさも今もって忘れることは出来ません。このような出会いで、〝温かい励まし〟がどれほど人間に勇気を与えてくれるか知ったのです。

十七歳、爆心から九〇〇メートルで被爆

それからも各地を転々とする生活は続き、昭和十三年に広島の矢野に来ました。原爆にあったのは十七歳の時で、大手町の親戚《しんせき》の家でした。爆心地からわずか九〇〇メートルの所です。家の下敷きになり、何とか自分で這《は》い出した私は、足の裏に板切れを巻きつけて、焼け付くようなアスファルトの上を歩いて逃げました。逃げる道々、黒い雨が降ってきました。

被爆後は生理がおかしくなり、髪の毛も抜けて二、三カ月寝込んでしまいました。翌年大阪で結婚し、二十四年、二十八年、三十一年と三人の子どもが生まれたのですが、原爆の後遺症《こういしょう》でいつもどこかが悪く「今日は元気」という日は一日もありません。常に「死ぬんではないだろうか」との不安におびえていました。結婚すれば幸せになれると、希望を持っていましたが、病気ばかりしているので、主人ともうまくはいかず、幼子《おさなご》を抱えて〝死ぬに死にきれず、生きるには辛《つら》すぎる〟苦悩の日々でした。その頃、主人が土木関係の仕事で、相変わらず工事現場を転々としていましたが、昭和三十二年、子どもの小学校入学を機に、どうしてもひとところに定住したいと思い、当時原爆スラムといわれていた基町のバラックに移ったのです。

戸田先生の記事に感動

この頃、主人も私も仕事がなく、残飯《ざんぱん》を集めて回るような最低の生活でした。そんなどん底生活を送っている私の唯一《ゆいいつ》の楽しみが一、二カ月遅れで安くなった（二十円くらいだったと思います）「婦人公論」を読むことだったのです。それを読むことが、魂《たましい》の救いでした。その時、買った「婦人公論」の紙面に、創価学会第二代会長の戸田先生の記事が載っていました。「戦後の大正製薬と創価学会」といった題だったと思います。その中で戸田先生は、「大臣が来ても、そこらの貧しい乞食《こじき》が来ても全く差別せず同じ態度で接しられる」という意味のことが出ていたのです。私はそれを読んで、とても感動し戸田先生という人に会いたいと思ったのです。

ですから昭和三十三年、我が家の窮状《きゅうじょう》を見かねた学会員さんから折伏された時も、あの戸田先生が会長をされている創価学会なら！　ということで入信を決めたのでした。入信してお題目を唱えるようになってから、体に気力が蘇《よみがえ》ってきて、だんだん元気になっていき、翌三十四年には三男が誕生しました。

願い込めて福子を基和と命名

私は、信心をしてから生まれた子は福子《ふくし》と聞いていましたので、この子が平和の基《もとい》になってくれるようにとの思いを込めて基和《キーファ》と名づけたのです。入信して一年後には、塗装会社に勤務していた主人が独立し、経済的にも安定していきました。しかし、それにもまして功徳《くどく》だったのは、同志との触れあいの中で、自分の中の卑屈《ひくつ》さが、霧が晴れるように消えていったことでした。

それからは、韓国人として、また人間として誇《ほこ》りを持てるようになり、明るい自分に変わったのです。そして「今年の正月が最高じゃね」という年が、続くようになったのです。

四人の子どもも成長し、それぞれ仕事に社会活動にと励んでおります。平和の基にと名づけたこの三男が、指紋押捺拒否《しもんおうなつきょひ》の戦いを通して、在日韓国人の人権を守るために頑張ったのです。

この末っ子が最初、指紋押捺拒否をして帰った時、天地がひっくり返るような思いをしました。私が並べ立てた言葉は「あんただけが犠牲《ぎせい》になったけん言うて、世の中、変わるわけじゃあるまいし……」とか自分を守るだけの言葉でした。そしたら、子どもは顔を上げて、「お母さん、子どもが可哀想《かわいそう》じゃと言うけど、僕今のままじゃったら結婚して子ども育てる自信ない。自分が出おうたような嫌な思いは絶対に子どもにさせたくないんじゃ」と言うて、「将来、僕ら日本にしか住めんのならね、嫌なことは嫌じゃ、こうしてほしいことはこうしてほしいと要求してみにゃあ分かってもらえんじゃろ」などと話してくれました。私は返す言葉がありませんでした。

「語り部」として

私も基和《キーファ》の活動を支援していくようになり、その中で知り合った方の推薦《すいせん》で、昭和六十一年、被爆者の惨状《さんじょう》や思いをアメリカに伝えようと企画されたピースフライトの一員として、アメリカのワシントンに行き、「語《かた》り部《べ》」としての一歩を踏み出して今年で十七年経《た》ちました。毎年八月に、在韓被爆者《ざいかんひばくしゃ》との交流のため、韓国を訪れたのも、その後十年くらい続けたでしょうか。

「語り部」としての話の最後には、いつも「平和運動って結局は、私は〝優しさの表現〟だとそんなふうに思いますんで、優しさにあふれた世の中でありますことをお祈りしながら、私の下手《へた》なお話を終わります」と言わせていただいています。

苦しみは今、使命の人生へと変わりました。これからも題目を唱えに唱えて、無差別に人殺しをする核兵器が使われることにならないよう祈りながら、全国各地から訪れる未来からの使者たちに、平和の尊さを、命の尊さを語り続けていく決意です。

右の目がない、白いところも黒いところもない

おばさんから「ぎゃーっ」っていう悲鳴《ひめい》か叫びかわからんような声が出たんですよね。「あらーっ」と思って母の顔を見た。そしたら右の目がない。白いとこも、黒いとこも何もない。赤身がビャッと顔を覆《おお》いかぶさっているようになっていた。鼻も上と下からもね、骨が折れかかってのぞいていた。

竹岡智佐子
広島市安佐南区

たけおか・ちさこ

昭和三年、広島市生まれ。同三十四年、創価学会に入会。同五十三年、広島主婦同盟結成と同時に議長。以後十五年間活動。この間、同六十年に広島主婦同盟編で被爆体験集「語り継ごう――業火の中のさけび」を発刊。同五十六年、ニューヨークでの第二回特別軍縮総会に合わせ、SGI代表団の一員で渡米し、各地で被爆体験を語る。現在は、広島平和文化センターの被爆体験証言者として、広島はじめ全国各地、ロシア、中国など海外でも活動を。

女子挺身隊《ていしんたい》として

当時は己斐上町に住んでて、爆心地から三キロ。家族は、私の母（良子、当時四十歳）と私（当時十七歳）二人じゃった。看護婦免許《めんきょ》を持ってた母は召集令状《しょうしゅうれいじょう》がきて、陸軍看護婦になっていた。父は（土居盛登、当時四十九歳）忠海で、内科・胃腸科の医者をしてたん。

女学校四年間卒業したら、すぐ女子挺身隊で天満町の東洋製罐《せいかん》の軍需《ぐんじゅ》工場に入ってね。人間魚雷《ぎょらい》を造るところ。九メートルの小さい潜水艦《せんすいかん》で、幅も狭くて、一人乗りの操縦《そうじゅう》で、敵の軍艦《ぐんかん》に体当たり、自分も死んでいく。多くの中学を卒業した若い人たちが、三カ月特訓で、命を散らしていったんよ。

被爆した日

五日の日、早く人間魚雷を送らなければと、突然徹夜《てつや》作業になった。夜明け前、女子挺身隊だけは「ご苦労さまでした、今日は帰ってゆっくり休んでください」と言われ、「まあうれしいね」言うて。空を見上げるといっぱい星が輝いてね。「今日は暑いくなりそうなね、海水浴に行きたいね」「行こう、行こう」言うて、私ら女子挺身隊三人の仲良しが宮島に行くという約束をしたんです。

　朝八時十五分頃には宮島行きの電車が出るだろうから、己斐駅に集まろうと、家に帰ってね。用事を片づけながら、ふっと柱時計を見ると、もう八時十分。「いってきまーす」と、手鏡をポケットから出して顔を見たんですよ。まあ髪もきれい。早く行こうと思ったその時、ピカーッ、ドーン。ウワーっと思った瞬間、わからなくなった。それっきり。もう意識も何にもない。

　しばらくして、ふっと気がついた。家の裏のサツマイモ畑の中に倒れてた。あらおかしいな。何で畑の中に倒れとるんかしら、爆弾落とされたんだ。家を見たら、家が斜《なな》めになって、瓦《かわら》も窓も全部吹き飛んで、近所の家も全部同じような形になってたんよね。早く家の中に入ろう思うても足が立たない。頭に手をやったら頭からズルーっと、血が流れてね。空見たらもう真っ黒い雲がムクムク、すごい勢いで広がるのを見た。やっと家の中へ。そしたら中はガタガタ。何がどこに飛んだか分からない。

　外に出たん。そしたら近所のおばちゃんたちも怪我《けが》して、ガラスの破片が背中に立ちこんで血まみれの人とか、大きな古釘《ふるくぎ》が飛んできておなかに突き刺さってね、血みどろの人とかそれぞれ怪我して出てきたん。私一人、道路まで出てみた。坂道まで出て、下の方をね見たん。ほしたらね、黒い塊《かたまり》がゾロゾロ上がってくるのが見えた。じっと見ていたら、人が真っ黒焦《こ》げのズルズルの大火傷《やけど》してね。女の人はビャッと皆、髪が逆立ちになって、火傷で皮膚がズルズルズルーっと、取れてしまってね、指の先にブラーンとぶら下がって、みんな。「助けてー、熱いよー、お母ちゃーん、お兄ちゃーん、お水ちょうだーい」ってね。

イヤー　ほこちゃん？

「こっちにおいでおいで」って、大きな家の屋根の下に呼んで。でもそこまで来れんの。道路の真ん中にパタンパタン、十人も十五人も倒れていくんよね。ほんで思わず、かけってね、ズルズルの火傷の人の肩を叩《たた》いた。「しっかりするんよー、元気だすんよー、死ぬんじゃないよー、どこの町から逃げてきたん？　家の人は？　一人で逃げてきたん？　名前、名前は？」。さっきまでね、「熱いよー、助けてー、お水、お水ー」って言ったのにね、声も全然出なくなった。もうのどの中もズーっと焼け爛《ただ》れて。近所のおばちゃん達も、「いやーひどいことになったねー、何とかして早く助けてあげよう」。だけど薬も何にもない。その頃は。時間が経《た》って、あたりが薄暗くなってきた。で、その時一人の女の人がスーッと立ったん、私の前に。私の名前を呼ぶんですよ。「ちーちゃーん」言うて。

「あら、私の名前を呼んだけど、あんた誰？」言うても全然分からない。もう全身真っ黒焦げでね。で頭の毛は逆立ちなっとる、頬《ほお》が裂《さ》けて血がズルズル流れる。で近くによってよく見てあげたら、もうあっちこっち体中にね、一センチないくらいの穴があいてるのよ、ずーっと。そこから血がズルズル流れてね。「いやーひどいことやられてるねー」「まあ、でもあんた誰かいね？　ほこちゃん？」て言うたら「うん」。「イヤーほこちゃん？　よかったねー、生きてここまで逃げて来れて」。宮島に行く約束をした三人の一人だったんよね。

その子は天満町の向こうの方に家があったんよね。だから電車に乗って己斐駅に近づこうとしたときに、つり革を持ったままピカーッ、ドーンとなってね。気がついたら川の中に落ちとったいう。やっと、川をはい上がってね。私のとこまで逃げてきた。「命があって良かった、良かった。もう薬も何もないからねー。家ん中入ってお水流してあげるよ」言うて。

母を探して

相生橋まで出たん。ふっと川の中見た。ほしたら、ちょうど満潮時《まんちょう》でね。ほしたらね、川の水がええがに見えない。ずーっと下からずーっと上まで、もう人が死んでね、ズラーッと並んだように浮かんでいる。いやーひどいことになった。お母さんも浮かんでるかもわからん。でもどうやって探したらええんかしらね。浮かんでいる人たちを見るとね、もう体が二倍にも三倍にもパンパンになってね、腫《は》れ上がっている。そいで顔もまん丸にね、ドッチボールみたいになってね、腫れ上がって誰が誰だか全然分からない。呆然《ぼうぜん》となってね。

でもお母さん、探さにゃいけないんだ思うて、橋の右側から今度は左側の上手《かみて》の方に渡って、川の方をね、じーっと見た。ほしたらね、三人男の人が真《ま》っ裸《ぱだか》になってね、どんどん川に浮かんだ死体を、水のないところへ引き上げてるのが見えた。やっと渡ってね。その三人の所へ行った。そしたら、その三人はびっくりしてね。「やーお姉ちゃん、どこから来たん？　まあ服着てるじゃない。火傷《やけど》ひとつもしてない。まあ不思議じゃー」って。「はい、私は己斐の上町から、お母さん探して、ここまで来たんですよー」「ううん、そうかい、そうかい。お母さんここの陸軍病院なん？　看護婦しとったいうんか？　お母さんもう生きちゃおらんよ、今朝早くにはね、まだ何百人の人達が生きていた。でもみんな次から次にね、口からも、鼻からも、耳からも血を噴《ふ》いていて死んだ。今、何十人かの人たちがぐるぐるっとかたまったようになって生きている。

でもみんな真っ黒焦げでね、もう目も見えないし、耳も聞こえないしね、息が切れるのを待つばかりになっとるんじゃ。お母さん生きとるとは考えられん。でもお姉ちゃんねー、せっかく遠くから探しに来たんじゃから、今ここへねー、川から引き上げた死体を見てごらん。あれでもお母さんがいるかもわからんよ」っと言ってもね、誰が誰だか全然分からんから。「お母さん何か目印《めじるし》があった?」言うて、「うーん、目印いうたって別にないんじゃけど」「よう考えてごらん、何かあるじゃろー」そう言われてみるとね、母は金歯《きんば》を入れてたんよ、三本ね。「あっ、私金歯探そう」思うて木切れを二本拾ってね、五人、十人、四十人近くの人たちのを、ずーっと口を開けてみた。

もう唇《くちびる》も三センチからひどい人は五センチ、ふくれあがってね。もうそれはね、人間の顔じゃない。姿、形はね。でも必死じゃからね。恐ろしいも何もないわけ。一生懸命じゃから。「お姉さん、お母さん見つかった? お母さんのような人おった?」「ううん、一人もいない」「うん、いないじゃろ、お母さんはまだ川の中に浮かんでいるか、病院の下敷きになって死んでいるか、どっちかじゃと思う。早く帰りなさい。今ならまだ敵機は来てない。敵機が来たらね、丸見えじゃからいっぺんにやられるよ。お姉さん一人だけでも助からなきゃいけないんじゃから、早く帰りなさい」。三人はその病院の衛生兵、不思議にね、火傷《やけど》も怪我《けが》も軽かった。

頭からぺっしゃんこに

で、お礼を言ってまた相生橋を北方向に渡った。渡ってちょっと行ったところに私の親戚《しんせき》があったんですよ。当時国民学校四年生の女の子と、母親とね、ああこのあたりだった思うて、きょろきょろ探しよったら、水槽《すいそう》が壊れてね、その水槽に名前が下の方に残ってた。あー名前が残ってるからやっぱりここじゃわ。探してみよう。まあ朝八時過ぎにこんな状態になったのならね、まあ何も食べるものはないけど、水でもお茶でも飲んどったら、茶の間の方に埋まってるかもわからん。もうボロボロのズックの先でね、どんどんどんどん掘ってみた。まだね、瓦《かわら》のこげも、石ころもまだ熱いんよね。んで、どんどんどんどん掘ってみた。やっぱり二人が向かい合って座ったまま、ぺっしゃんこになって、きれいな白骨になっていた。大人と子どもが、座ったまんま頭からぺっしゃんこになったまんま。

爆心地から一番近いんよね。相生橋のすぐ側じゃったから。あっという瞬間でしょ。逃げる間もどうする間もなかったよね。だからそのあたりに住んでいた人たちはね、もう全部即死じゃったから生き残った人は一人もいない。やっぱりねー、だめじゃったんじゃねー、まあ私が見つけてよかったんよー、みんな名前も分からんような人が川に浮かんだんじゃから、骨は私がひろってあげるよー。ハンカチを出して二人の骨を包んで、帰ろうとしたときに、空襲警報のサイレンが鳴ってね。

あくる日も母を探しに行ったらね、日赤病院の前の広場に人間の山ができとる。死んだ人をボンボン積み上げてね。三つぐらいの山ができとる。そこに軍隊の残った人が、どこかにあった油を持ってきてね、油をかけてね、マッチで火を付けて、焼くところをちょうど通りかかったんよね。それを見ると悲しくて、情けなくてねー。泣き泣き手合わして拝《おが》んでね。家に帰ったんじゃけどね。ほして五日目の夜、私フラフラになって気分が悪いんよね。頭に手をやったらね、バサッと髪の毛がね、手のひらいっぱいに抜けてきた。いやー気持ち悪いねーっと思って腕を見たらね、腕にもね、一つ二つ卵ぐらいの斑点《はんてん》が、薄い紫色で並んで出てる。私も死ぬるんかもわからん思うてね。

お母さん、ごめんねー。明日は探しに行かれんかもしれん、でも生きとってよ、絶対見つけるからねーと心の中で叫んだ。

六日目、母を見つける

で、あくる朝の六日目、元気を振《ふ》り絞《しぼ》ってね、西の方の舟入方面へ出ていった。舟入病院の焼け跡に知らないおじさんが立っていて、「あんた達、誰か探しに来たんならね、この川に降りて、江波の方に出てごらん。なら、江波の学校があるから、その学校には全教室にねー、いま死ぬるいう人と、死んだという人が、いーっぱいいいる。ほんとうに、はよ行ってごらん」。

で、川に降りて江波の学校へ行った。そしたらね、死人と今息が切れそうな人でいーっぱいなんよ。火傷《やけど》が腐っとるんよね。で、真っ黒だかりになって、ハエがたかっとるんよ。息が出来んほど臭《くさ》いんよ。それでも必死になって探したん。五人も六人も重なって、顔が崩《くず》れてわからないんよ。誰が誰だか。でも重なっている人の顔をこっち向けたりあっち向けたりして探したけど、全然わからん。

で、おじさんも「困ったのー、何回お母さんの名前を呼んでも、誰一人返事もせんし、合図《あいず》する人もないし、じゃあもう一回ここでお母さんの名前呼んでみて、お母さんおらんかったら帰ろう」。一人机を二つ並べてね、その上に丸くなって動かん人がね、点々といるわけよ。私は一番前の丸くなった人の前に立っとったんよ。そしたら最後のおじさんの声が聞こえたんかね。その人がね、かすかに頭を動かしてね、「ちいちゃん」言うて私の名前を呼んだんだけどね、あんまり小さい声だから、はっきりわからんよね。「おじさん、今ここの人ね、私の名前を呼んだような気がしたんじゃが、お母さんかね?」「うん、名前呼んだ気がしたんなら、お母さんに決まっとるじゃろうが」言うた。で、顔中に包帯《ほうたい》巻いてもらっとるんよね。「包帯の口のほとりをゆるめてみんか」とおじさんが言う。「うん、ゆるめるよ」ギュッと緩《ゆる》めた。そしたら「金歯が三本のぞいとる。お母さんに間違いないよ」「よーし、曲げている足を伸ばしてよく見てあげよー」いっぱい全身にハエがたかってる。ふくらはぎから、当時のカーキー色の看護婦の制服がのぞいていた。その切れ端《はし》を引っ張ってみた。すると、バラバラバラバラ何とウジ虫が、何百匹とこぼれて出てきた。それがずーっと骨までくいこんどる。いやー、情けないねー。こんな戦争誰がしたの、許さんぞ。何か腹が立ってきてね。

目をくりぬかれた母

で、おじさんがポケットからトマトを出してそれを食べさせた。そしておじさんが「明日、大八車を引いて迎えにくるから」言うて、私は泊まったんよ。で、あくる朝、おじさんが迎えに来てくれて連れて帰った。それで、家ん中で、近所のおばさんが母の包帯をぐるぐる取ってくれた。そのおばさんから「ぎゃーっ」っていう悲鳴か叫びかわからんような声が出たんですよね。「あらーっ」と思って母の顔を見た。そしたら右の目がない。白いとこも、黒いとこも何もない。赤身がビャッと顔を覆《おお》いかぶさっているようになっていた。鼻も上と下からもね、骨が折れかかってのぞいていた。で、お母さんに何か食べさせてあげたいねーっと思っても、何にもなかった。

そして三日後に知らないおじさんが通りかかってね、そのおじさんが「戸坂というところの学校に、医者も看護婦も薬も食べ物もあると聞いた。早く怪我人を連れて行きなさい」。今度はリヤカーに乗せて進んだ。五時間ぐらいかかってやっと戸坂の国民学校に着いた。そしたら兵隊さんが中から駆けって来て、「いやー、困ったのー。医者も看護婦も兵隊もさっきまで生きとった。じゃけど、みんな口から血を噴いて死んだ。困ったのー。どうしようかのー。あ、そうじゃ。馬を診《み》ていた獣医が一人生き残っているから」と言って獣医が母の目を診てくれた。「今からすぐ手術します」。どこで手術するのかと思ったら、部屋の真ん中を広くして一枚のござをひいて、その上に母が寝かされて、生き残った兵隊さんがビャッと馬乗りになった。それで、獣医さんが出てきて、母の枕元に立った。母は、その獣医を見るなり、手術をさせまいと暴《あば》れた。

私ね、この十七歳の胸がつぶれそうな思いがしてね。またまた目の前でこの世の生き地獄を見なければならない。私はそこへ立ってられなかった。廊下へ出た。お母さんを助けてください。手術が無事成功するように。何万べんとなく心の中で祈った。で、手術が終わって十五日に家に帰った。母は、生身《なまみ》のまま目をくりぬかれた。後で、母にそのことを聞いたら、言いたくないって。昭和四十四年、母が六十歳で亡くなるまでその時の状況は一言も聞くことはできなかったんよ。

ウジはひゃーっと頭の奥に入って

　母の頭部に三本の裂傷《れっしょう》。特に一本は長さが約一〇センチくらいで割れたようになり、その底に白い頭《ず》蓋骨《がいこつ》が見えた。後の二本は添うように並んで、長さは七、八センチで深く割れていた。……包帯はずしたら、母の頭にウジが湧《わ》いてるんですよ。衛生兵がピンセットでそのウジを取るんですよ。取って取って取りまくってもね、ウジはひゃーっと頭の奥の中に入ってしまうんですよ。

桜井康民
広島市安佐北区

さくらい・やすおみ
　昭和四年、広島市生まれ。同三十五年、創価学会に入会。美術業を経て同五十年から、公明党広島市議会議員を五期二十年務め、平成七年に引退。この間、広島市監査委員、同建築審査委員、広島市議会建設委員長、広島平和文化センター理事等を歴任。

当時満十五歳。陸軍糧秣支廠《りょうまつししょう》に勤務して、本来なら宇品の支廠に通うんじゃが、前日五日に、今は東広島市内の志和堀へ支廠の物資疎開《そかい》の要員で行って「ピカーッ」、一、二分経《た》ってきのこ雲を見たんですよ。

それからのことを、これまで詳《くわ》しゅう話もせずで、そりゃあ、あまりにもむごい惨状《さんじょう》を思い出すだけで、気分が悪くなるからねえ。いつかは残しておかなければ思うとって、三年前からノートに書きようたんじゃが、五年前に胃ガンを手術して、それから昨年、検査したら脳に腫《しゅ》瘍《よう》が見つかって、体調が悪うて書けんのです。

もう四〇〇字詰め原稿用紙にしたら六十五枚にもなるそうなんですが、まだ終わっとらんのんです。続きは聞いてもらえますかの。

七日早朝、八丁堀の自宅へ

六日午前九時半、軍用トラックに便乗して志和堀を出発。途中、負傷者が次々と帰って来る。大火災のため、旧市街へは進入出来ず、八木小学校で仮眠を取った。翌七日午前四時に八丁堀へ。私の家は八丁堀五二番地にあった。

当時、父・弘（当時三十七歳）は半年前に召集《しょうしゅう》され満州に、宇品の陸軍運輸部勤務の兄・忠（当時十七歳）は、十日前に防衛召集を受けて、仮兵舎の旧幟町小学校に。姉・澄子（当時十八歳）は既に嫁ぎ高屋町に、妹・百合子（当時十二歳）は、姉の嫁ぎ先に疎開していた。家には、祖父・常次郎（当時七十歳）、母・春子（当時三十八歳）、私・康民の三人。祖父は楽々園の避難《ひなん》小屋に帰って朝、八丁堀に来ていた。六日朝、家には近所の福屋の製菓工場へ徴用《ちょうよう》されていた母一人。

軍用トラックに便乗したが、十日市からは進入出来ず、午前五時半、下車。一人徒歩で八丁堀へ向かう。道路は瓦礫《がれき》や死体等が散乱し、異臭がして甚《はなは》だ気持ちが悪い。

十日市から相生橋までの状況

木造建築は全滅。数少ないコンクリート造り等の一部の建物は一部は残っているが、使用に耐え得《う》るものは全くなし。人間は死体ばかり。着衣のない者が九〇パーセント、ボロ布のようなものを着いている者が五～六パーセント、靴だけ履《は》いている者が数パーセント……。

全身真っ黒に焼けた者、傷だらけで血のりがべたべたついた者、赤茶色に焼けてふくれた者。火傷《やけど》死の者の特徴は、頭髪がなく全身がふくれて目も口もはれて、顔は埴輪《はにわ》の土偶《どぐう》のようにノッペラボーで表情は全くなし。その他少数ではあるが、防火水槽《すいそう》等に浸《つ》かって熱さをさけたと思われる者は、頭髪、衣服等が残っており青白くなって死亡し、表情はわかるが、顔をそむけたくなるような苦悶《くもん》の形相《ぎょうそう》である。更に眼球の飛び出した者、舌《した》を長く出して息絶えている者、誠に無惨《むざん》である。十日市から紙屋町交差点まで、ただの一人も生きた人に会うことはなかった。一切の生物はなく、音もなく、燃え残りの小さな炎がほろほろ、少ない煙があちこちと上がっていた。

紙屋町交差点から八丁堀へ

右側にビルの残骸《ざんがい》が三つ。その一つが福屋百貨店で、当時広島市では一番大きく高い建物であった。わずかに人の動きを見るようになった。半死半生の人がのろのろと歩いている。人間とは思えない姿、形相である。体全体は赤茶色になってふくれ上がり、頭髪も眉毛《まゆげ》もなく、目も口も膨張《ぼうちょう》のためか閉じられたまま。両手は九〇度で前に出し、無言でそろりそろりと歩いている。衣服をまともに着けている者は一人もいなかった。恐ろしい別次元の世界へ入った気がした。

八丁堀千日前電停付近へ近づき、福屋をのぞくと建物は外壁だけ、内部は黒く焼けただれていて、中には黒こげの死体が様々なポーズでごろごろと転がっていた。熱く、一歩も足を踏み入れる状態ではなかった。

我が家へ　母を見つけ出す

我が家はここから北へ、二〇〇メートルくらいにあった。先は福屋旧館である。この道に入ると極端に障害物が多くなり、行く手を妨《さまた》げた。旧館前の木製電柱は、ほろほろと炎を出し燃えていた。その電柱の下に、一人の女性が死んでいた。見るともんぺを着けて頭を布で巻いている。こんなまともな死体は初めて見た。念のためにその側に行って顔を見ると、驚いたことにそれは母ではないか。この時がちょうど午前七時。苦悶《くもん》の表情もなく、全く汚れもなく、火傷もない、血もついていない。しかし、どうしてこんな所で、息を引き取ったのだろう。私が不思議な思いでじっと顔を見つめていると、母は静かに目を開いたのである。

その時の私の驚きと喜びは、何ものにも例えることは出来ない。「お母ちゃん、生きとったんね」と声をかけた私に向かって、母は静かに小さな声で「やっちゃんね」と言った。どうしてここに居るのか尋ねる私に、母は細い声で語り始めた。被爆の瞬間、大きな材木の下敷きになり背中を強く押さえられ、脱出出来なかったこと。もがいても抜け出せず、あきらめかけたが、最後の力で「助けてください」と大きな声で叫んだ。

この時、男の声で「今除いてあげるけえ」と呼びかけられ、大分手間取りながらもやっと背中の材木が少し動いたので、脱出出来たとのこと。火の手が迫ってくることが予想出来たので、必死の思いで市外へと向かった。正気に戻った時は中山町の山すその横穴だったこと。頭から大量に出血し、髪も顔も体も血だるまで、防火用水で洗った。夜になり天も焦がす市街の火災を見て、火勢が衰《おとろ》えるのを待って、八丁堀を目指したと。

隣家の奥さんの骸骨《がいこつ》が

母に決して動かぬよう念を押して、我が家へ。すっかり燃えていた。熱くて近づくことは出来なかった。今でも消えない記憶がある。それは隣家に住んでいた塚崎さん若夫婦のこと。数カ月前に引っ越してこられた、赤ちゃんとの三人家族であった。その奥さんと赤ちゃんと思われる骸骨が、玄関前にうつ伏せになっていた。赤ちゃんを胸の下にかばうように背を上に、頭をキッと上に亡くなっていた。必死で玄関まで、赤子を抱いて出て来て息絶えたのであろう、真っ黒い骸骨となって我が子を守ろうとしたその姿に、私は慄然《りつぜん》とするとともに心からの哀悼《あいとう》の思いを捧《ささ》げた。

心揺さぶるすごさ、東洋座の惨状

福屋旧館前の母の所へ戻った。そして母の腕を肩に乗せて歩き始めた。あちこちに何人も怪我人がゆっくりと歩いていた。母を気遣い少しずつ歩みを進めたが、福屋隣接の東洋座劇場の全体が真っ黒になった焼け跡は、ぐるりと壁が残っており、中はめちゃめちゃで焼け残りの残骸が黒く積み重なっていた。そこで亡くなった人々の姿は、必死で逃げようとした最後のあがきが姿に残っており、手をうえに上げて顔を真上に向け叫びながら、その場を逃れたい懸命の思いが伝わってくる人。腹這《ば》いになりながら、脱出しようとして、そのまま亡くなった人。両手両足をうえに上げて思いっ切り口を開けて死んでいる人。人も物も全て黒焼きとなり、静止した一つの造形物となって迫ってくる。その迫力は心を揺さぶられる凄《すご》さであった。

母の頭部に三本の裂傷《れっしょう》

勧業銀行跡に来ると、負傷者の治療をしてくれると聞き、中へ入った。やがて母の番となった。頭に巻いた布を取った時、私は愕然《がくぜん》とした。頭部に三本の裂傷があり、いずれも深い傷、特に一本は長さが約十センチくらいで割れたようになり、その底に白い頭蓋骨《ずがいこつ》が見えた。後の二本は添うように並んで、長さは七、八センチで深く割れていた。私は思わず「お母ちゃん、ひどいよ」と言った。すぐ、しまったと思った。その後、二度と言わなかった。

やがて軍医はオキシフルで消毒した後、赤チンを塗った。包帯を巻き始めた。背中の肩胛骨《けんこうこつ》の下に幅十五・六センチの圧迫痕《こん》があり、材木の押さえた跡が紫色で血がにじみ痛そうであった。軍医にそれを示すと、同じように赤チンを塗って治療は終わった。

トラックで避難所に

その時一台のトラックが、目の前に停車した。車上から「乗ることが出来る人は乗りなさい」と言うではないか。トラックの荷台へ飛び乗り母の手をつかみ、渾身《こんしん》の力で引っ張り、かろうじて荷台へ。次々と荷台も大勢の負傷者で一杯になり、トラックは動き始めた。苦痛が限界に達しそうな時に、やっとトラックは止まった。下車して見ると、小学校の校庭で人気《ひとけ》はなかった。後で安芸郡府中小学校とわかった。二階へ上がり、防空頭巾《ぼうくうずきん》を枕《まくら》にして母を寝かせた。時間は午前十一時頃。次々と負傷者が教室に運ばれ、異臭が室中を漂い始めた。

火傷《やけど》の人が大部分を占め、まともに着衣のある者はなく、全裸の人、ぼろ布のようなものが、下半身だけにある者、上半身だけにある者等。苦しそうにあえぐ者、うめき声を発する者、

「お母さん、お母さん」と叫ぶ者、苦しさのあまり叫び声をあげる者。火傷の部分が、表面だけの生やさしいものではなく、深部まで全体が赤茶色に焼けた中に、色が豆腐のような白い模様が入っており、更にオレンジ色や黄色や赤色などの不規則な模様があり、ただれたようになっている。

顔を焼かれている者を見ると、大変不気味である。眉毛《まゆげ》はなく丸く腫《は》れ上がり、目はかすかに見える程度にしか開かれていない。色も形も人間離れしていて、たとえ親兄弟でも見ただけではとても見当をつけることも出来ない状態である。上半身を焼かれた者は、寝ころんだ状態でも両手を九〇度に上げていた。みるみる教室は一杯になり、それぞれの発する音声でにぎやかさは増していった。

避難所の様々な人たち

日は暮れ、教室内は暗くなった。極道《ごくどう》の親分みたいな人がいて、教室の隅の高い所へ陣取り他を睥睨《へいげい》していた。ふんどし一丁の丸裸であったが、体中に入れ墨《ずみ》、頭は角刈り、牢名主《ろうなぬし》気取りであった。手先が二人いて、忠実につき従っていた。学校の教師らしき人もいたし、学生風の若い男がいて、突然身を起こして「整列！　点呼《てんこ》を取る！　番号！」と叫び、更に自分で

「一、二、三、……」と気合の入った声で言うと「教官殿に敬礼！　かしらなかっ」。全く真面目そのもので。この学生風は衣服はまともに着けていたが、頭と首、両腕に包帯を巻いていた。歩くことは出来ないようだった。

教室の中は火傷に塗った油のにおいが、他の血膿《ちう》みなどの臭《にお》いと入り混《ま》じって特有の臭いとなり、部屋一杯に充満していた。

夜になっても、騒々《そうぞう》しさは一向におさまらず、好き勝手にしゃべって、いつ果てるとも知れない騒音が耳をわずらわした。極道の親分は鋭くどすを効《き》かせて「静かにせえ！」と怒鳴り、「おいっ、そこの兄ちゃんよ、ちぃーと痛い目さしたろかっ」と例の学生風の男に言うと、「気をつけえ！」「番号！　一、二、三、四……異常ありません」と言って知らん顔。やくざの親分の方も分かっているのかいないのか、別にとがめる風でもなく、子分に向かって「ちぃと肩をもめえ」。

少し離れた所では「お母ちゃん、痛いよー」「苦しい、水くれー」「うーん、うーん」「あーうー、あーうー」「昔々ある所におじいさんとおばあさんがおりました」「ぶつぶつぶつぶつ」と様々な音声が交錯《こうさく》して、わけのわからない雑音となって果てしなく続くのであった。

みんな死んで静寂《せいじゃく》そのもの

私は疲れていたのであろう、暫《しばら》く眠ってしまっていた。覚めたのは数時間後であった。夜はまだ明けていなかった。あたりを見回すと不気味な程、静まり返っていた。目を凝《こ》らして見ると、何とこの人たちは死んでいるではないか。それもあれ程騒いでいた学生風も威張っていた極道もその子分たちも学校の先生も、その他教室中の全部の人が死んでいた。そしてあの悩ませていた騒音《そうおん》は全くなく、教室全体が静寂そのものとなっていた。

楽々園に出発する前に、驚くべき光景を見た。なんと火傷《やけど》で体中焼けただれた人たちが、群《むら》がるように便所の前にひしめき合って、そのことごとくが息絶《た》えているのであった。恐らく水を求めて便所の手洗い水を飲もうとして這《は》いずりながら、亡くなったのだろう。各教室に収容されている人たちも皆夜明けを待たず亡くなってしまっていた。

我が家の隣家に骸骨が四個

七日は障害物が道路にあふれていたが、今日八日は道路の中央が片付けられていた。二分で我が家の焼け跡へ着いた。昨日の黒い置き火のような焼け跡が、白い灰《はい》で覆《おお》われており、熱もなかった。ただ隣の塚崎さんの奥さんと赤ちゃんの真っ黒い骸骨は、昨日と同じように頭をキッと上に立てて残っていた。初めて我が家の焼け跡へ入って、めぼしい物を見て回ったが、何もなかった。
周《まわ》りを見渡すと、塚崎さんと反対側の隣家の焼け跡に、白く焼けた円い物が何個か見えた。不思議に思い、近づいて見た。なんとその場所は隣家の茶の間で、白く焼けた円い物は人間の頭蓋骨《ずがいこつ》であった。きちんと四個。ばらばらになりながらも、そのまま残っており、一家がちゃぶ台を囲んで朝食をとっている姿が、容易に想像出来た。

ここで私の原爆体験記は中断してるんです。胃《い》ガンの手術を受けて二年目、段々と体の調子が悪くなり、書き続ける気力も体力もなくなってしまって……。翌平成十三年八月六日に、再び気力をふりしぼって書こうと決意しまして。次のは、目まいに悩まされながら書いたもんです。

重傷の兄に会ったと聞く

やっと八日午前七時三十分、己斐駅へ到着した。なんと嬉《うれ》しいことにここから宮島行きの電車が運行されることが分かった。しかも最初の電車が間もなく発車するという。この時であった。八丁堀の家の隣に住んで居た人（白骨の残っていた家の人、この人は二日前から家には居なかったという）が、私たちを見つけて近より、私の兄に会ったと驚くような情報を教えてくれた。
その場所は浅野泉邸（縮景園）を入りすぐの中央部分にある大きな木の下であること。着衣はボロボロになったズボンだけで、裸足《はだし》であり、全身血まみれで虫の息で横たわっていたこと。「忠さん」と声をかけたら、細い声で応答するだけであったが、意識ははっきりしていたと、しかし全く歩ける状態ではなく、瀕死《ひんし》の重傷と。

それから縮景園に走り、やっとのことで重傷の兄を見つけ、楽々園まで苦労して連れて帰ったんですがの、それからのことは話さしてもらいますけえ。

母の頭骨深くにウジが

楽々園に軍の衛生兵が来とって、猫車《ねこぐるま》に母親を乗せて、治療《ちりょう》を繰り返しましたよ。赤チンを塗るだけですからね。頭が化膿《かのう》せにゃあええが、ふくれてきましてね、何日目かに行って包帯をはずしたら、頭にウジが湧《わ》いてるんですよ。「こりゃあ取らにゃあいけん」言うて衛生兵がピンセットでそのウジを取るんですよ。取って取って取りまくってもね、ウジはひゃーっと頭の奥の中に入ってしまうんですよ。出でくるやつを取るんですが、はあもう全部は取れんですよね。

兄もまた連れていって、ガラスをまた抜いてもらうんですよ。赤チンを塗ってもらうんですが、それしか治療はないんです。焼けた分には食用油を塗るんです、それ以外の薬はないわけ。

鯉《こい》の生き血、母の死

二十日夕方六時に、母親が死んだんですよ。爆心地から一キロも離れてないとこで、やられたんですけえね。死ぬる時に、全身に二センチ五ミリくらい、幅が三ミリくらいの赤い斑点《はんてん》ですよ、全身へパーッと出てきたですよ。気丈なかたですからね、私の母親は。死ぬる二日前までしゃんとしていましたですよ。ところが、自分があと短いと思うたんでしょう。「鯉の生き血を飲ましてもらやあ助かるんじゃが」と言うんですよ。鯉の生き血が効《き》くんじゃ言うてね。「おりゃあせんよ」言うたら、「いや志和に行きゃあおる、もろうて来んさい」言うんじゃけえ。東広島の志和に親父の実家があるんですよ。

「行ってくる」言うて。五日市駅へ行って何時間も待って切符を手に入れて、八本松で降りてですね、志和に行ったんです。苦労して、持って帰りましたよ。「お母ちゃん、鯉を持って帰ったで」言うて。もうその時は、母親はもうろうとしていたですね。それでも、「ああ、そうねえ」と。ほんとなら、にっこりしてから「ああ、えかったね」と言う人が「ああ、そうねえ」。包丁《ほうちょう》を鯉《こい》の頭へぐさっと立てたら血が出るか思うたら出んのんですよね、死んどるんですから、もう。

母が知ったらいけん思うて、縁側でやるんですがね、血が出んのんですよ。さかずきへ絞るようにしたら、どろっとした血が出ましたですよ。「ああ、取れた、取れた」おおげさに言うてね。「生き血が取れた、取れた。これを飲みんさいよ」言うてから、母の顔を上にあげてね。そしたら母はじろっと鯉を見て、「鯉、死んどるじゃあないの」とこう言うんですよ。

その時は、悲しかったねえ。向こうは見破ってるわけよね。それでも生き血を、母は飲んでくれたです。息子がせっかく苦労して取ってきたんじゃけえ思うて飲んでくれたと思うんですけどね。

死に際《ぎわ》の母の言葉

その死に際に母親がこうかぼそい声でね、「あんたらのことは、わたしゃあ全然心配はせんよ。だけど、おじいちゃんのことが心配じゃ」言うて死んだんですよ。兄弟四人おるなかで、母の死に目には私一人じゃったんですよ。このことは誰にも伝えとらん。兄弟にも言うてないんですよ。どういうふうにして死んだかは、私しか知らんのんですよ。そういうことを一言でも言い出すとわーっと思い出すでしょ。もう、ほんとに辛《つら》い体験ですからね。だから、言いたくないんですよね。

私も六十九歳でガン

ほいで私が六十九歳で、ガンになったんですよね。みなばたばた死ぬるんじゃないかという感じ。妹の旦那《だんな》も六十九歳で死んだんですよ。兄が死ぬ二年くらい前です。今度は兄がガンで死ぬるでしょう、その一年後に僕がガンになったんですからね。原爆の怖《こわ》さというか、放射能の怖さというのは、何年も何十年もずーっと影響を与えてきて、命を取る、これが怖い。これほど怖いものはこの世にない。

戦争をすることは絶対にいけないと言いたいですね。ごめんこうむりたいと。骨身にしみて戦争がいかに、いろんな弊害《へいがい》を与えるか、損害を与えるか、若い人にはよーく認識《にんしき》してもらいたいです。

〝ああ、おいしい〟妹のあの声が忘れられん

妹の顔の左半分は皮膚《ひふ》がずるむけで、右半分はカリカリになっとる。もう、真っ黒焦《こ》げよねぇ。ほいで、もう〝水が飲みたい、お水ちょうだい〟言うけえ、口移しに、一滴一滴、落としてやったら、〝ああ、おいしい〟。あの声がねぇ、今でも忘れることできん、消すことできんのよ。

宅和和枝
広島県佐伯郡宮島町

たくわ・かずえ
　昭和四年、広島県宮島町生まれ。同三十二年、創価学会に入会。二児の母。現在、修学旅行生にヒロシマの心を語る「平和の語り部」活動を続けている。夫・弘雄さんと二人暮らし。

盲腸で学徒動員解除

観光地で有名じゃった宮島で、七人兄弟の二番目、二女で生まれて。うちの家は三つの商売をしとったんよ。旧姓が廣川。料理屋と茶道具店と茶店。父親は連絡船の機関長もやりよってねぇ。料理店は夜は父も手伝うて、その頃は繁盛《はんじょう》しよったけえね。わりと裕福《ゆうふく》に育ったんよねぇ。〝お嬢さん、お嬢さん〟で育ってきたわけよねぇ。

十三歳で山陽高等女学校へ、入りよったけえねぇ。ほんじゃけど、もう勉強どころじゃなかったけえねぇ。

女学校行って一番何が上手《じょうず》になったかいうたら、敬礼《けいれい》よ。学徒動員で駆り出された呉《くれ》の海軍工廠《こうしょう》じゃけえ、上官に出会うても先生に出会うても上級生に出会うても、ぴっとこう敬礼する。ほいじゃけえ、敬礼が一番上手じゃいうて笑ったけど。

そうこうしよったら私が、盲腸になって手術して、そのおかげで、学徒動員解除になったんよ。ほいで解除になったけえ、すぐ父親と姉が迎えに来てくれて、やれやれ思うて帰って。原爆投下の一カ月前くらいじゃった。

空がピカッーと光りきのこ雲が見えた

あの朝、廿日市で電車を降りて、田舎道をずっと行くわけよ。線路づたいに歩きよったら、ピカッーと光って、ダダダダダっていろんなもんがバラバラ落ちてくるんよ。頭を上げたら学校の向こうが広島になるんじゃけど、その山の向こうから、きのこ雲。あれを私まともに見たんよ。とっとっと走って学校まで行ったら、みな震《ふる》えながら机の下から出てきて、窓ガラスは全部割れとるし、先生が飛んで来て〝今日はみんなうちに帰りなさい〟言うてね。廿日市で電車に、真っ黒になった人とか、真っ黒けの服が焼け下がったような人とかみんな乗ってきて、〝広島はもう焼け野原で火の海じゃあ〟言うて。

すぐに連絡船に乗ったら、〝新型爆弾が広島に落とされたけえ、もう生きとる者はおらん〟とかを聞いて、ほいで広島方面を見たら真っ黒い煙とそれから火の海でねぇ。震えながら真っ黒けな人らと一緒に宮島に帰ったら、父親と姉はすぐ近所の人らと妹、弟を探しに出とったんよね。二日二晩、姉と父親が探しに行って、私は盲腸手術したし、ほいから母は乳飲み子抱えとるし、船が着くたんびに帰ってきやせんか、思うてね。

〝今度はどこそこのが焼けただれて戻って来た〟〝どこそこのが半死半生じゃあ〟言うてもう、桟橋《さんばし》はもうてんやわんやじゃって。弟は戻らん、妹も戻らんで、飲まず、食わず、眠らずで心配しとるんよ。

妹の消息教え息引き取った男の子

ほいたら、弟が、夕方戻って来たんよ。まあ、真っ黒けになってからね、黒い雨におうた言うて。夢遊病者みたいになって。〝良かったあ、戻って来たんね〟言いよっても、妹が分からんのんじゃけえ手放しで喜べんわいねぇ。そうしよったら、三日目に半死半生で戻って来た男の子に、家族の人が、〝廣川さんのところは息子さんは戻ったが、娘さんが戻っとらんけえ、もうみんなが気狂いみたいになっとるんじゃ〟と、枕もとでボソボソ話したら、その子が〝廣川の名札をここに付けた女の子がいた。戸坂の国民学校にいたけえ、行ってみちゃったらどうかの〟と虫の息の中で言うてくれたんよ。その家のお母さんが、そう言うといて、息を引き取ったんじゃや、言うんよ。

妹の居場所教えてくれた女の子

そうして妹が戸坂の国民学校におった、いうのを知らしてきて。ほいじゃさっそく戸坂の国民学校に行こう言う父親に、〝私も連れてって〟と必死に言うた。お父さんが〝お前は盲腸の手術して戻って間がないんじゃし、子どもじゃけえかえって足手まといになるけえね、出たらいけん〃言うのを、〃どうしても連れてって〃言うて、〃私は死んでもええけえ妹を探しに連れてって〃言うて、泣いて父親にしがみついて頼んだん。ほいたら母親も、〃私も行かれんし、和枝ちゃんがそこまで言うとるんじゃけえ、連れてってあげて〃言うて。〃ほいじゃ大変じゃけど行くか〃言うて、〃行く。絶対に足手まといにならんように頑張《がんば》るけえ〃言うて、一緒に行ったんよ。

途中までしか電車がなかったし、ずっと山道を越えて行ったんよ。戸坂の国民学校まで。山を越える道路で、手のちぎれたぶんが飛んどる、足が飛んどる、真っ黒けな人が倒れとる。貧血起こして倒れそうじゃったけれども、頑張らにゃいけん、妹を探すんじゃけえ思うて、父の腕にしがみついて、一緒に行って、戸坂の国民学校へ行ったら、すごかったんじゃあ。

もう、足の踏み場もないほど、ずーっと、真っ黒に焼けただれた人が、廊下から教室から校庭から山の麓《ふもと》の辺から、今も忘れん、もう五十七年も八年も経《た》っても、あの悲惨《ひさん》さいうもんはね、忘れることできんよ。絶対に忘れん。あっこにああいう人が、ここにこういう人が、あの人がおっちゃった、この人がおっちゃった思うと、ほんまに、みんな焼けただれた形相《ぎょうそう》じゃけれども、そん中を妹を探さにゃいけん、その人らをどうしてあげることもできんのよ。

すとっと、もう死んどる

その人らが並んどって間を、同じような相なんじゃから、こう、顔を見て、声かけてみんと分からん。〝ごめんなさいねぇ〟言うて足を入れる、次に並んどる人に、〝ごめんなさいねぇ〟言うて足を入れて。ほいじゃから、頭をずらさんかったら足が入れられん。〝ごめんなさいねぇ〟言うて、頭をずらしたら、ずるっと皮がむげる。〝ごめんねぇ〟言うて、〝頑張ってねぇ〟言うて、次にまた足を運ぼう思うて、ちょっとよけたらまたずるっとむげる。そういう中を、ずっと妹を探して探して、広い校庭を探したけど見つからん。学校の隅の方の兵隊さんらに、父親が〝学徒動員で出た学生なんじゃけれども、ここで見たいう人があったけえ来てみたんじゃが〟言うたら、〝はあ、ここの隅の一角に、女の子らが　四、五人おったから、そん中におってかも分からんけえ行ってみなさい〟。

ほいで、そこの隅まで行って、一人の女の子に、〝宮島から来た廣川いう名札付けた女の子がここに一緒におらんかった〟言うたら、〝ああ、宮島の人がおっちゃった。二人おっちゃったが、一人は死んじゃったけえね、じゃけえどっかへもう担架《たんか》に乗せて連れて行っちゃった〟言うて。

〝もう一人、廣川さんいうて名札付けとっちゃった人が、夕べトイレに行ってくるいうてトイレに行ったまま戻ってきてないんじゃ〟言うて、その子が。はあ、生きとってくれたんか、思うて、〝はあ、ほんとありがたい。ほいじゃトイレの方へ行ってみるねぇ〟言うてね、〝あなたも気を付けるんよ。頑張るんよ〟言うといて、行こう思うたら、〝はあ、おじさん、お姉さん、うちのお父さんやお母さんは来てくれんのんかね、私がここにおるのに〟て言うて、〝ああ、うちらもやっと、今日まで探して、ここまで来たんじゃから、あんたのお父さんお母さんも、今探しよってじゃろうから、必ずね、探しに来てじゃから、頑張って、待っとんなさいよ〟と父親が言うたら、〝来てくれよるんね。はあ、良かったあ〟言うと、すとっともう、死んどるんよね。バタバタあっちでもこっちでも全部息引き取っていきよるんじゃから、手を合わしてから、すぐ妹を探すのにトイレの方に行って、時間かけて一人一人見ながら行って、ほしたらちょうどトイレの裏側になっとってね、その山の麓《ふもと》に、焼けただれて真っ黒けになった人が山積みになって、いく筋もいく筋もあるわけ。

抱きしめることもできん

あの中にでもおったら連れて帰ってやろう。火をつけんうちに、宮島へ連れて帰ってやろうねぇ。探すよう言うて、その死体の山積みの根元まで行ったときに、その足元に、倒れとったんよ。ぱっと気がついて、目をあけて、〝あ、ふみこちゃん！〟言うんと、向こうが〝あ、お父ちゃん、お姉ちゃん！〟言うのが一緒じゃって、ああ生きとってくれたんじゃ思うて抱きしめてやろうにも、もうずるずるに焼けただれとるし、顔の右半分はもうカリカリに焼け焦げて真っ黒いわ、抱きしめることもできん。

どうやって、ええやら分からんで取り乱して〝ふみこちゃん〟言うて私がしがみついて泣く寸前に父親がパッと手をとって、便所の裏につれてって〝情けない。悲しいけれど、今ここでお前が取り乱したら、ふみこはここで息を引き取って、さっきの子と一緒になるんじゃけえ、お母ちゃんらのところに、息のあるうちに連れて帰ってやろうけえ、取り乱したらいけんど〟

〝うん、分かった〟言うて、ほいてまた元に戻って、〝おった思うたらすぐおらんようになって、どこ行ってたんねぇ〟言うて。

顔の左半分は生焼けで皮膚がずるむけで、グズグズよね。右半分は焼けついとるんじゃけえ、カリカリになっとる。もう、真っ黒焦げよねぇ。ほいで、もう〝水が飲みたい、お水ちょうだい〟言うけえ、水筒持っていったけえ。〝私がするけえ〟言うて、ほいて口移しに、一滴一滴、落としてやったら、そしたら、〝ああ、おいしい〟。あの声がねぇ、今でも忘れることできん、消すことできんのよ。〝ああ、おいしい。ありがとう。飲みたかったよ〟。三日目じゃもんね。あの炎天下《えんてんか》で、焼けて、水一滴誰もくれるものがおらん中でもがいて、生きとったのが不思議なよね。

ほいたら、父親が〝お前は原爆の毒が口移しでやって移ったらいけんけえ、わしがやるけえかせ〟言うて、父親がくわえて一滴落として、〝たばこ臭《くさ》い。お父ちゃんじゃね。たばこ臭いけえいらん〟言うて、〝お姉ちゃんのおいしかったけえ、お姉ちゃんちょうだい〟〝うん、あげるよ。飲みんさいよ〟言うて。父親が少しとまどっとるけえ、〝飲ましてやらんでどうするに。生きとってくれたんじゃないね〟言うたら、〝ほうか、すまんかったのう〟言うてからね、ほいて、一滴一滴落とし、飲ましてやって、月明かりで看病《かんびょう》して。看病いうてもそれしかないじゃろ。

そしたら空襲警報があって、真っ黒けになった人が右往左往《うおうさおう》して、〝助けてくださいい〟〝水をくださいい〟でぶつかっちゃあ倒れる。ちょっと当たっちゃあ倒れる。きれいな女の人が、その人は焼けてなかったけれども、真っ裸になって〝あー！　わー！〟言うて、気が狂うとるんよね。パーッと倒れとる人の上をパーッと跳《と》んでから、〝わー！〟言うたらこっちをピョンコピョンコ跳んで。もう、こんなことが二度とあってはいけんことなんよねぇ。

八月三十日に亡くなる

翌日、妹を無事家に連れ帰って。でもまともな看病もしてやれんで。飲ませてやれる薬もないんですけえ。してやれるのは、焼けただれた手、足のウジを取り除いてやることだけ。ウジがつっつくのが痛いらしく、「お母ちゃん、お姉ちゃん、痛いよう」と言うんで、その声を聞いてみんな家族は泣きましたよ。首も焼けただれ、最後はそこに穴が開き、亡くなりました。二十五日間生き、八月三十日に亡くなったんです。生きた人間の生身《なまみ》をウジが食べるなんてねえ。妹はほんとに気立てが良くて、勉強も好きな妹だったんですよ。

今「平和の語り部」として

五年前から東大阪市の意岐部東小学校の修学旅行生に体験を語ったことがきっかけじゃねえ。私がしどろもどろ話す、原爆体験を身動きしないで聞いてくれて。男の子でもすすりあげて泣いてくれて。子どもたちに妹の服を見せようかと迷ったんですが、あの服には、女の子じゃけえいうてリボンも付けてやって、それを妹が着て喜んで喜んで、〝お姉ちゃんありがとう。かわいいね〟言うて、着て出た服なんよねぇ。それを形見《かたみ》に亡くなった母が生きとる間中いつも抱きしめちゃあ、泣きよったからねぇ。事実をまのあたりにする方が、ええじゃろう思うて「これが被爆した時に妹が着ていた服ですよ」と見せるとみんなあ然としてて。帰りには、子どもたちは「宅和さん、長生きしてください」と涙ながらに送ってくれて。しばらくして手紙がきたんです。「命《いのち》の大切さ、平和の大切さを知った」という内容の。うれしゅうて、みんなに返事を出しました。

子どもたちはつたない話をもとに、創作ミュージカルを演じてくれたんじゃ。使われる六曲を自分たちで作詞・作曲。クラスで、照明、ナレーター、そして演技《えんぎ》も。「自分らが創作劇をやったときに、宅和さんがどんだけ辛《つら》い思いをしたか、被爆者がどんだけ惨酷《ざんこく》な思いをしたかが劇をやってみて分かる」言うんよ。感動したよ。私の妹を演じた子が私んとこに来て泣いてねぇ。そして他のみんなも来て一緒に抱きおうて泣くんよ。私の体験をほんとに、平和のメッセージとして広げてくれたんだなあって。

夢を持って努力することが大事よね

夢《ゆめ》を持つことが大事よねえ。あなたに適した希望と目標、夢を持ち続けて、達成《たっせい》するまで努力《どりょく》していこうねということを訴えたいし、生命の尊厳《そんげん》を徹底《てってい》して学んでもらいたいですね。そして若い子は平和や文化に対しての一つの哲学《てつがく》を持ってほしい。どんなことがあってもくよくよしない。前向きに前向きにね。

松田文姑
広島市安佐南区

まつだ・ふみこ
大正十一年、広島市生まれ。昭和八年、県立高等女学校（現在の広島県立広島皆実高等学校）に入学。同十八年、勤労奉仕先の工場で知り合った武夫さんと結婚。同三十一年三月、創価学会に入会。同三十八年六月に夫を亡くす。現在、長男の嫁・由紀子さんと二人暮らし。

商売気《け》があるでしょ

生まれたのはね、広島市の小網町《こあみちょう》。天満川のほとりのね。姉三人と兄に、私、五番目じゃね。それと妹が二人。全部で七人。それでその小網町で本屋してた。それから私は県女行きよったんですよ。

県女の二年生になった時にね、父親が心筋梗塞《しんきんこうそく》で倒れて亡くなったんです。ほいで退学し、お母さんと一緒にお店したの。それでね、ただ売ったり何かするだけでは儲《もう》からんと考えてね、貸本屋したの。結構商売気《け》もあるでしょ。その後、私が結婚するときには今度は妹と母が受けついでね。

あの瞬間

私（当時二十三歳）は楠木一丁目（爆心地から一・五キロ）の家におったからね。トイレに入ってすんで、もんぺをはいてひもを結びよるときに上からどさーっとかかってきて、かろうじてケガもなくね。主人は主人で醤油《しょうゆ》出しに蔵《くら》に入っとったから、ケガがなくてね。二人でびっくりしてから、どうしたんじゃろうかあ、爆弾《ばくだん》が落ちたんじゃろうかあいうてね、ピカーッて光ったですよ。トイレの窓からね。ガラスじゃったら大ケガしとる。ほいでトイレから部屋に入ってそしたらガラス戸がね。ひとっかけらもなかったんよ。主人も頭から土砂まみれになって、二人で呆然《ぼうぜん》としてね。

そしたら近所の人が「出血《しゅっけつ》が止まらんけえ、何とかして助けちゃってくれ」って血が出よる人を、私も看護婦じゃないけえわからんけど、どっか押さえたらええと思って、あちこち押さえてあげたら止まったんよ。「ありがとう、ありがとう」言うて喜んでね。それとだいぶ離れとるけど、「うちの女房《にょうぼう》救えんかのう」って。

行ってみたら家の下敷きになっとって手だけ出とる。そこ酒屋さんなんよ。二階建てで、手だけ出てて体が全然見えんのよ。ただ「助けてー、助けてー」言う声だけ。でもそれじゃ助けることができんよね。それこそはさっとるんだから。ほいでもう私も主人も泣きながらね。どうしようもなかった。庭に干してた布団《ふとん》なんかもね、燃えとりましたね。

それを私あんなにひどい火事になるとは知らんから、水かけて消したりしよるんよ。ほいじゃけどもうだめじゃあと思って、どんどんどん火が迫ってくるからね。ほんで大芝公園へ、主人の自転車でね。私が九カ月の身重《みおも》だから連れてってくれたんですけどね。あの時の情景《じょうけい》がいまだによう忘れんですよね。

ぼろみたいに皮膚《ひふ》がぶらさがってね

かけって逃げてきた人はみな服が焼けてぶら下がっとるんじゃあと思ったら皮膚《ひふ》、皮膚がぶら下がっとる。その人がみんな「熱い、熱い」言うて太田川に飛び込みよってんよ。飛び込んだらみんな死ぬるわいねー。それからそばを見たらねえ、お母さんが一生懸命だっこして子どもに乳飲まそうとするんじゃがね。その子はあもう死んどるんよ。でもお母さんは必死《ひっし》よねえ。何とかして飲まそうと思って。

でも見られんわあと思って、今度は反対側を見たら逆。赤ちゃんがぎゃーぎゃー泣きながらね、お母さんの乳を吸おうとするん。お母さん動かん。もうぼろみたいに皮膚がぶら下がってねえ。でお母さんはそりゃ死んどるん。うちの主人が「あんた今、身重でこうなんばっかり見よったら体調にようないわあ」言うてから、「ここにおっちゃあいけん」と言うてから、主人の実家のある高田郡吉田町まで私を自転車に乗せて連れて帰ってくれたんですけどね。

九月が予定日じゃったんですけど、ちょっとのびて、十月四日に長男の良輔が生まれたわけなんですけどね。で主人に子どもが生まれる前に十日市の実家の母さん、妹たちはどうしとるんか見に行ってきてくれいうてからね。行かしたんですよね。だけど帰ってきても体調に悪いから言うて嘘《うそ》を言っとったんですよ。「元気でおって矢口が実家だから、あっこにおってんよー、心配しんさんなー」言うちゃったけえ、ホッとしたんですけどね。

子どもが生まれて一カ月か二カ月経《た》ったときにね、「悪いけどホントのこと言うけど」ってね。一応は矢口に引き揚げて行ったらしいんじゃけど、母も妹も。二十四日に母が亡《な》くなって、二十五日に妹が亡くなって、一番下の妹がちょうど一、二年経ってね、原爆症で亡くなりましたけどね。もうあの時のショックはね。亡くなっとるということはねえ。ずっと田舎におってもしょうがないから、楠木町に戻ったのが一、二年経ってからかな。

小学校に上がるまでよう生きとらん

広島に帰って二番目の子が生まれて、あれもいろいろな病気をしましたけどね。良輔なんか、小学校に上がるまでよう生きとらん言われたからね。小児科《しょうにか》の先生の所に連れてったときにね。十一歳の時じゃねえ。五年生の時に入信したんですよね。それから徐々《じょじょ》に元気になっていったんですけれども、中学生の時に紫斑病《しはんびょう》いうてね、毛細管の先がすべて破裂《はれつ》するいう病気になりましてね。九死《きゅうし》に一生を得たんですよ。ものすご題目あげましたよ。時間があればとにかく題目あげてね。「もう紫斑病で助かったのは珍《めずら》しい」いうて言われましたけどね。

それから二十五歳の時にどうものどがおかしい言うて。小学校の時にあれはもう扁桃腺《へんとうせん》の手術をしてるのにね。のどぼとけがきゅーっと出てね。このくらいしかあいとらんのですよ、食道が。これはおかしいわ言うてから、日赤《にっせき》に行かせたんですよね。その近所の病院じゃあ「わしらには手が負えん」いうて。そこでコバルトずっとかけちゃったんですよね。「もう細うならん、帰そう」言うてね。先生は「何でもはあ食べさせてあげんさい」言うて。ということは見切っちゃったわけね。

ほんであくる年、定期検査で日赤に行かしたんよ。そしたら日赤の先生が「いやあ松田くん生きとったかあ」言うて。「あんたが退院して一年ぐらいの間に医学が進んでね、手術が出来るようになったんよ。もう一回入院せい」言うてね、二十六歳かね、ほいじゃけえあくる年に入院してね。私は家帰ってとにかくもう題目あげてね。

最初は病気のことを祈っとったんよ。回復しますようにって。五時間ぐらいあげとったけど、最後の一時間は孫《まご》授けてください言うて祈っとった。ほいで六時間余り経ってもまだ手術が終わったっていう電話がないけえ、はあやれんようになって日赤行ったらまだ麻酔《ますい》が覚めてなかったんですよね。先生が「不思議なことに出血が少なくって、こちらで用意しますから」言うて、婿《むこ》さんの友だちに待機《たいき》してもらっとったんだけど、全部してもらわんで済《す》んだ。ホント助かったなあということで。でもホント声は出るしね。ようしゃべるし。

そんときの看護婦さんがねえ、すごい息子を好いてくれちゃってね。それが今の嫁さんで、本当にようしてくれてね。ほいから子どもができんと言われた中でできたんじゃもんねえ。ずっとコバルトかけとるでしょ、子どもができんかもわからん、言われとったけど、感謝しております。

二回目は三十三歳の時にまた喉頭腫瘍《こうとうしゅよう》で発病して、やっぱり治《なお》って退院して、で三回目は五十二歳ですね。亡くなった年です。五十二歳で発病してもうこの時はガンになっとった。耳下《じか》腺《せん》ガンね。結局八カ月入院したんですがね。とうとう亡くなって。でも先生から小学校に上がるまで生きとらんじゃろ言われたのがね、何回も手術させてもらって五十二歳まで生きることが出来たんです。

マイナスの体験がプラスに

私も最初ごろはね、ちょうど昭和三十一年に入信するまでは、七つ病気を持っとったんですよ。ずっと貧血《ひんけつ》がひどいし、リウマチもあるし。もう原爆さえ受けとらにゃ、こんなに難儀《なんぎ》せんでもいいのに言うて、恨《うら》み、つらみ、人にはよう言われんけれども、よう思ってましたね。それこそ恨み節の人生よね。それが信心して一つ一つ治っていき、しかも三十二年に横浜に行って、戸田先生の「原水爆禁止宣言」（注1）聞いたときにね、もう、身が打ち震えるようでね。そうかそうか私は原爆を受けてこうして苦しんできてね、こういう弱い体になったのを、今度は元気にしていって、そして原爆の悲惨《ひさん》さを訴えてね、平和のために尽くしていくという使命が私にはあったんだということを帰りの列車の中でも興奮がおさまらんで、気づかせてもらって。自分の宿業《しゅくごう》を使命に変えることができたわけですよ。

もう五千人にもなるかな

車があれば自らハンドルを握り、なければないで電車、バスを乗り継いでどこへでも行くんよ。ミニ懇談、個人懇談と、とにかく忙しい。「人生に引退はない」を信条にして、忙しくても家をでかける間際まで唱題するんよ。こちらの生命が問題だから。こちらの生命をカガミのように磨いていかないと、相手の人の悩みや解決のカギは分からんもんね。

自分の生命が磨かれていると、相手の人の長所ばかりが目につくようになるんよ。どんな人にも必ず光るところがあり、それを見つけられないのは、こちらの責任。そう思うてしっかり話してもらい、こちらがカガミになれば相手の長所が光ってくるんよ。そうしてその人に希望をもってもらうことが第一番と思っています。

相手の人の幸せをどこまで思うていくか。これは自分への挑戦なんです。ときには疲れて、逃げ出したくなるときもあるんじゃけど、そのときは〝逃げる〟と〝挑戦〟はタッチの差、と自らにいい聞かせています。兆の字は同じでも、手へんがつくか、しんにゅうがつくかで〝挑戦〟にも〝逃げる〟にもなるでしょう。そのタッチの差は、わずか三分でもいい、題目を唱えることで相手の方が幸せになるようにと、思えるようになりました。

私は、一人ひとり励ましてあげて「覚え書」を書いてきたんよ。昭和五十三年頃からね。もう五千人にもなるかな、その〝覚え書〟。かつて悩んでいた人から「今、平和大学校で頑張っています」と電話があって、〝覚え書〟を開くと、その人の顔がまざまざと浮かんでくるのよ。よかった、よかったとホロリとするんです。

訪ねた方には、自分の体験を書いてはよく手紙を出すんです。その最後に下手《へた》ですが、和歌を一首添《そ》えるようにしてるんです。例えば、今の季節なら、恥ずかしいんだけど、「梅雨《つゆ》空に明るさそえる　彼の女《ひと》の　心にも似て　あじさいの花」とか。

来世行かせてもらいます

それから二年前、プエルトリコのカルロス・アルビス大学のサンティアゴ学長さんと広島市内で懇談《こんだん》する機会があって、原爆でこういう状況《じょうきょう》じゃったのが、こんなに元気になったたっていう話をしたんよ。そしたら感動してくれましてね。それから「今、私の座右《ざゆう》の銘《めい》にしとるのが、『美しいものをね、たくさん発見する人こそが美しい人である』と、それを心に留めているんですよ」と言うて。「だからこんな花でもよく咲いてるねえって、花を見てほめてあげるんよ」と言うたんです。ほしたら学長、すごい感動されて。それで「目に見える美しいものもあるし、私は目に見えない美しいものもあると思うんですよ」って言ったら、学長が「それは何ですか」言われて、私は「人の心です」言うて。「だからどんな人でもねえ、必ずいいとこ見つけだしてね、そしてけんかしなくても仲良くしていくようにするんですよ」言うたらすごい感動されましてね。

「それともう一つは人を責《せ》めるんじゃなくて、自分自身と常に戦っている人が魅力的《みりょくてき》な人、これも座右の銘にしとります。だから辛《つら》いことや苦しいことがあってもね、常に自分自身と戦っているんですよ」っていうふうに申し上げました。そしたらものすごく感動されてね。帰りの車の中で「あなたは学問が好きなようだからね、僕の大学へ来なさい。留学しなさい」って言うて、でも「私はもう来年八十歳になりますから、来世で行かせてもらいます」言うたら、通訳の人がどう言っちゃったか知らんけどね、大爆笑《だいばくしょう》になってね。で学長から「来世でお待ちしとります」言われて。そういうことがあったんですよね。

今からの社会を担《にな》っていく世代に託《たく》したいこと

夢を持つことが大事よねえ。自分は大きくなったらこういう人になろうとか、これをやってみようとか、そういうあなたに一番適した希望と目標、夢を持つことによって、それを持ち続けて、で達成するまでは努力《どりょく》していこうねということを訴えたいし、それから生命の尊厳《そんげん》ですよね。いかに生命が大切であるのかということを学んでほしいですよね。そして原爆の問題じゃあね、平和はいかに大切かということをね、イラクの戦争から北朝鮮の話なんかね、テレビで見られたと思うんですけど、どんなに戦争が悲惨《ひさん》なものであるかということをね、どんなにあなた方が希望を持っても戦争がある限りはね、不可能な時代になっていくから、平和を訴えていかなくてはならないとか、また自分自身は戦争をしてはいけないという強い哲学を持ってほしいと言うことですね。いろんな本を読んでね、自分の生命の中に植え付けてほしいということです。どんなことがあってもくよくよしない。前向きに、前向きにね。若い子は一つの哲《てつ》学《がく》を持たなきゃいけないということですよね。

【注】

1 「原水爆禁止宣言」（二五、三四、六三、七九、二六〇ページ）

「今、世に騒がれている核実験、原水爆実験にたいする私の態度を、本日、はっきりと声明したいと思うものであります。いやしくも私の弟子であるならば、きょうの声明を継いで、全世界にこの意味を浸透《しんとう》させてもらいたいと思うのであります。

それは核あるいは原子爆弾の実験禁止運動が、いま、世界に起こっているが、私はその奥に隠されているところの爪《つめ》をもぎ取りたいと思う。なぜかならば、われわれ世界の民衆は、生存の権利をもっております。その権利をおびやかすものは、これ魔物《まもの》であり、サタンであり、怪物《かいぶつ》であります。たとえ、ある国が原子爆弾を用いて世界を征服しようとも、その民族、それを使用したものは悪魔であり、魔ものであるという思想を全世界にひろめることこそ、日本青年男女の使命であると信ずるものであります。願わくは、今日の意気をもって、この私の第一回の声明を全世界にひろめてもらいたいことを切望して、今日の話にかえる次第であります」（要旨）

一九五七年（昭和三十二年）九月八日、初秋の青空広がる横浜・三ツ沢競技場。青年部五万人を前に、戸田城聖第二代会長は訴えた。〝世界の民族の生存の権利をおびやかすものは、魔物であり、サタンであり、怪物である――〟と。この頃、一般紙には「ソ連・ICBM（大陸間弾道《だんどう》ミサイル）の成功でアメリカは基地の強化図《はか》る」「イギリス、ICBM防ぐ実験」などの見出しが躍り、核弾頭を装備《そうび》した兵器開発のニュースが毎日のように各紙をにぎわせていた。米ソの核軍拡競争も激化し、国連軍縮小委員会も物別れに終わっていた。まさに東西両陣営の相互対立と不信感が激しさを増し、時代は確実に〝核の傘《かさ》の下の平和〟という、抜き差しならぬ状況に突入していたのである。

戸田会長は、核兵器が通常兵器の延長線上では考えられない、人類にとって〝運命的兵器〟であることを見抜いて、「原水爆禁止宣言」で仏法者としての深い思索《しさく》から原水爆の本質を突《つ》いた。原水爆を使用するものは「奪命者《だつみょうしゃ》」を意味する「魔」であり、人間の尊厳と生存権を根本から脅かす「絶対悪」と断じ、核保有を正当化する論理を仏法者の視点から明確に批判。また、この思想を世界に広める使命、核廃絶を遺訓《いくん》の第一として青年に託《たく》した。

2

第三十八回創価学会本部総会（三六ページ）

被爆三十周年の一九七五年（昭和五十年）十一月九日、第三十八回創価学会本部総会が

全国から一万人の代表並びに多数の来賓《らいひん》が参加して、広島市・県立体育館で盛大に開催された。前日八日、広島平和記念公園を訪れ、原爆犠牲者の慰霊碑《いれいひ》に向かい殉難者《じゅなんしゃ》の冥福《めいふく》を祈り、献花を捧げた池田会長は、「核」問題についてこの地上から一切の核兵器を絶滅《ぜつめつ》する日まで、最大の努力を傾けることを改めて宣言し再確認しておきたいとし、特に青年部、学生部が広島の地で核兵器反対の誓いも新たに、より幅広くより大きな平和へのうねりを高めていくよう要望。更に被爆地に調査研究機関の設置、国際平和会議の広島での開催などを提唱するとともに、一、製造・実験・貯蔵・使用の禁止、二、民間レベルの研究・討議の推進、三、「核の平和利用」への厳重監視《げんじゅうかんし》の三項目を提言するなど核兵器絶滅への具体的な道筋について言及し、平和創造への歴史を開く画期的な総会となった。

3

第十四回「世界青年平和文化祭」、第二十回「SGI総会」（一〇六ページ）

被爆五十年の一九九五年（平成七年）、第十四回「世界青年平和文化祭」が十月十五日、広島県立総合体育館で開催された。池田SGI会長、秋谷創価学会会長はじめ海外五十五カ国・地域から集ったSGIメンバー、中国五県の友が参加。六五〇〇人による平和の舞に喝采《かっさい》を送った。また同日開催された第二十回「SGI総会」で、一、生命尊厳の仏法を基調に、全人類の平和・文化・教育に貢献する、二、「世界市民の理念」に基づき、いかなる人間も差別することなく、基本的人権を守る、三、「信教の自由」を尊重し、これを守り抜く、四、人間の交流を基調として、日蓮大聖人の仏法の理解を広げ、各人の幸福の達成に寄与していく、五、各加盟団体（各国組織）のメンバーが、それぞれの国・社会の良き市民として、社会の繁栄に貢献することを目指す、六、それぞれの国の実情をふまえて、各加盟団体（各国組織）の自立性と主体性を尊重する、七、仏法の寛容の精神を根本に、他の宗教を尊重して、人類の基本的問題について対話し、その解決のため協力していく、八、それぞれの文化の多様性を尊重し、文化交流を推進し、相互理解と協調の国際社会の構築を目指す、九、仏法の「共生」の思想に立ち、自然保護・環境保護を推進する、十、真理の探求と学問の発展のため、また、あらゆる人々が人格を陶冶《とうや》し、豊かで幸福な人生を享受《きょうじゅ》するための教育の興隆に貢献する、との10項目の「ＳＧＩ決議」を採択した。

「原爆の絵」（松室一雄さん）

ものすごい火柱は渦を巻いて上昇
吸い上げたものが光線にあたり
キラキラ輝き
ものすごく恐ろしくもあり
きれいでもあった

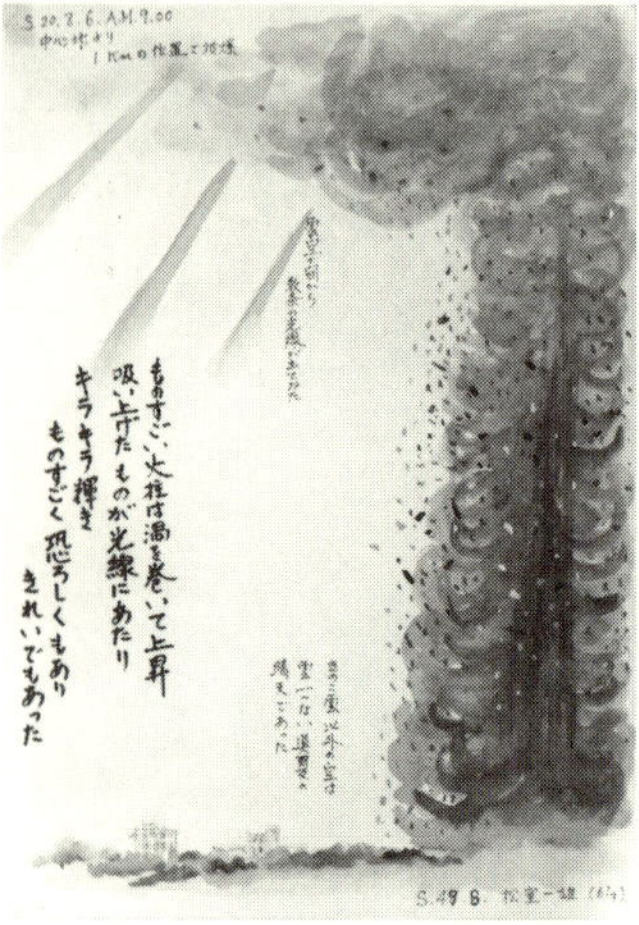

当時の自分の姿
S.20.8.6.午前８時50分　流川町（爆心より1キロ）
家の下敷きの圧迫のため、左耳、鼻、口から出血する。……

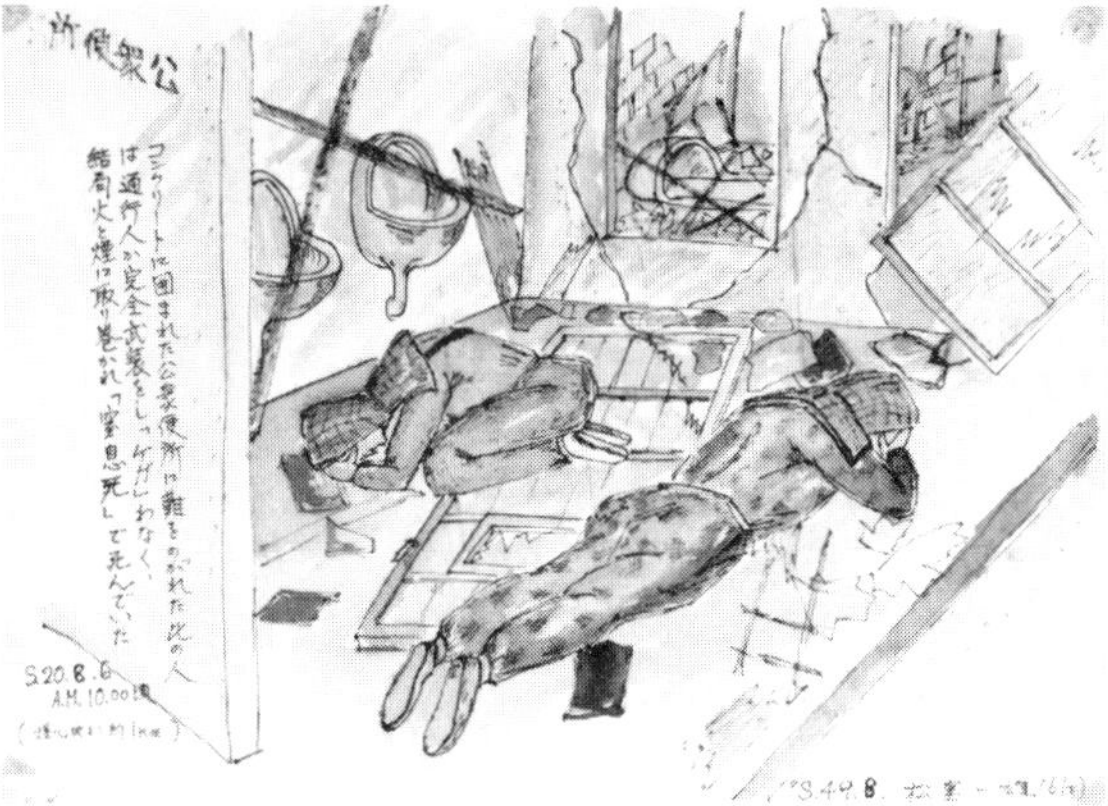

コンクリートに囲まれた公衆便所に難をのがれたこの人
は通行人か完全武装をし「ケガ」はなく、
結局火と煙に取り巻かれ「窒息死」していた……

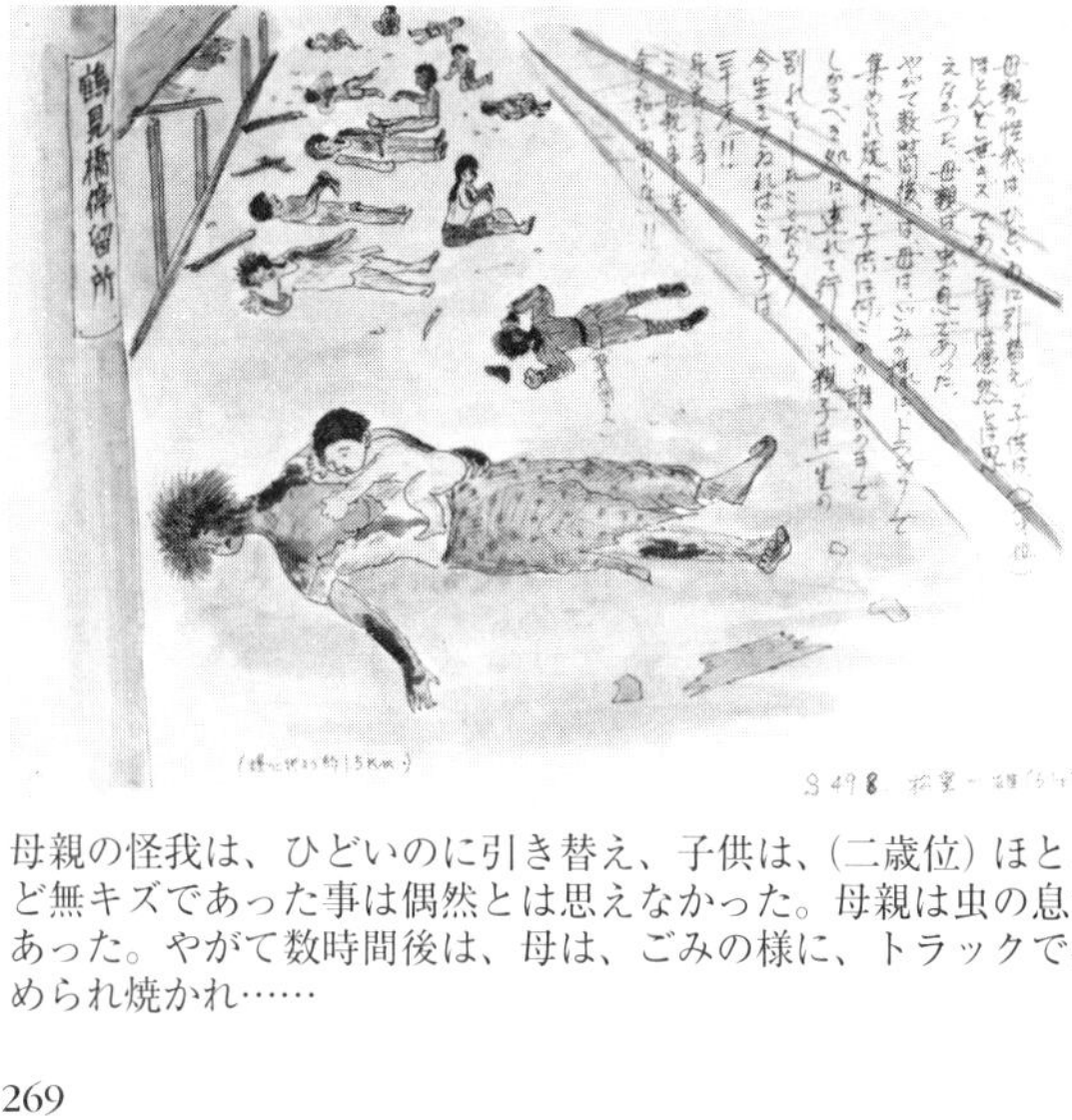

母親の怪我は、ひどいのに引き替え、子供は、(二歳位) ほとんど無キズであった事は偶然とは思えなかった。母親は虫の息であった。やがて数時間後は、母は、ごみの様に、トラックで集められ焼かれ……

歩ける者は山の方に逃げた。
「ガンバロー」と口々に励まし合っていたが次々と死んでいった……

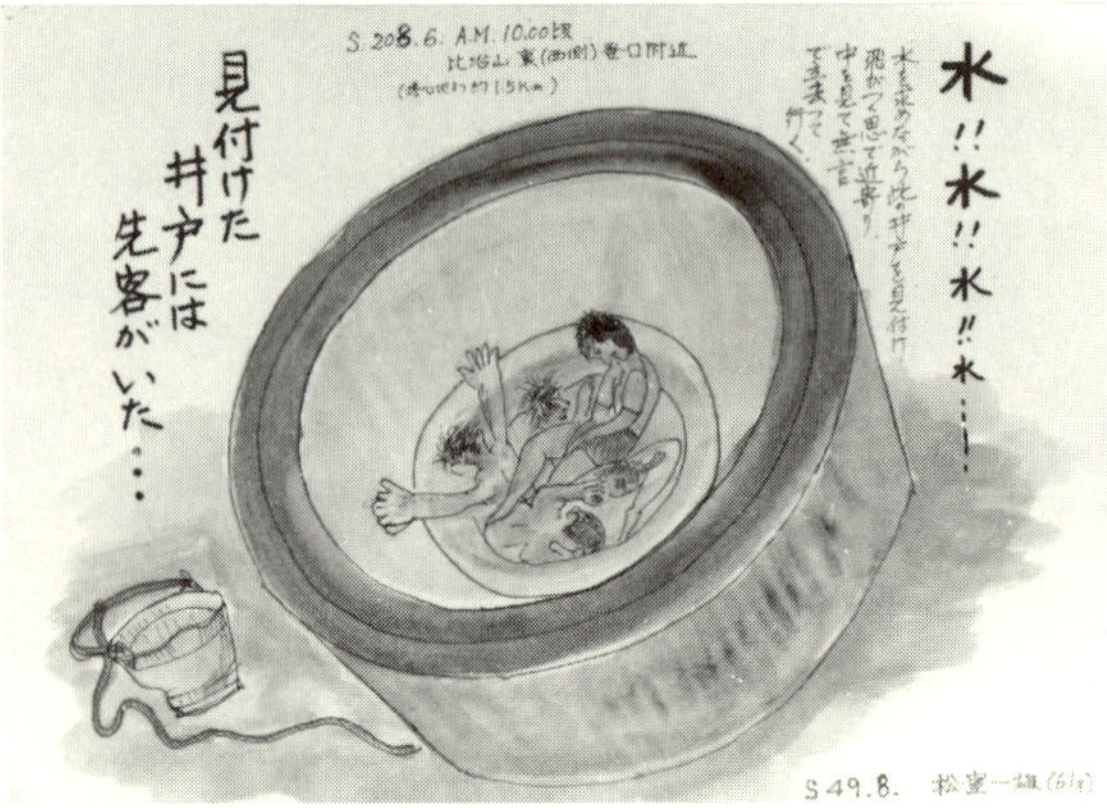

水を求めながらこの井戸を見付け
飛びつく思いで近寄り、
中を見て無言で立ち去って行く。

私は下敷の時の圧迫の為、耳、鼻、口から出血し、その他数カ所の傷の出血で、背骨第十二と腰椎第一の骨折の為、なかなか動けなかった

原爆投下の八月六日朝
広島第五師団歩兵第二部隊に召集を受け営庭に並んでいて被爆。
左顔面は、火傷でえぐられた様になり「耳たぶ」は熔けて無くなっていた。

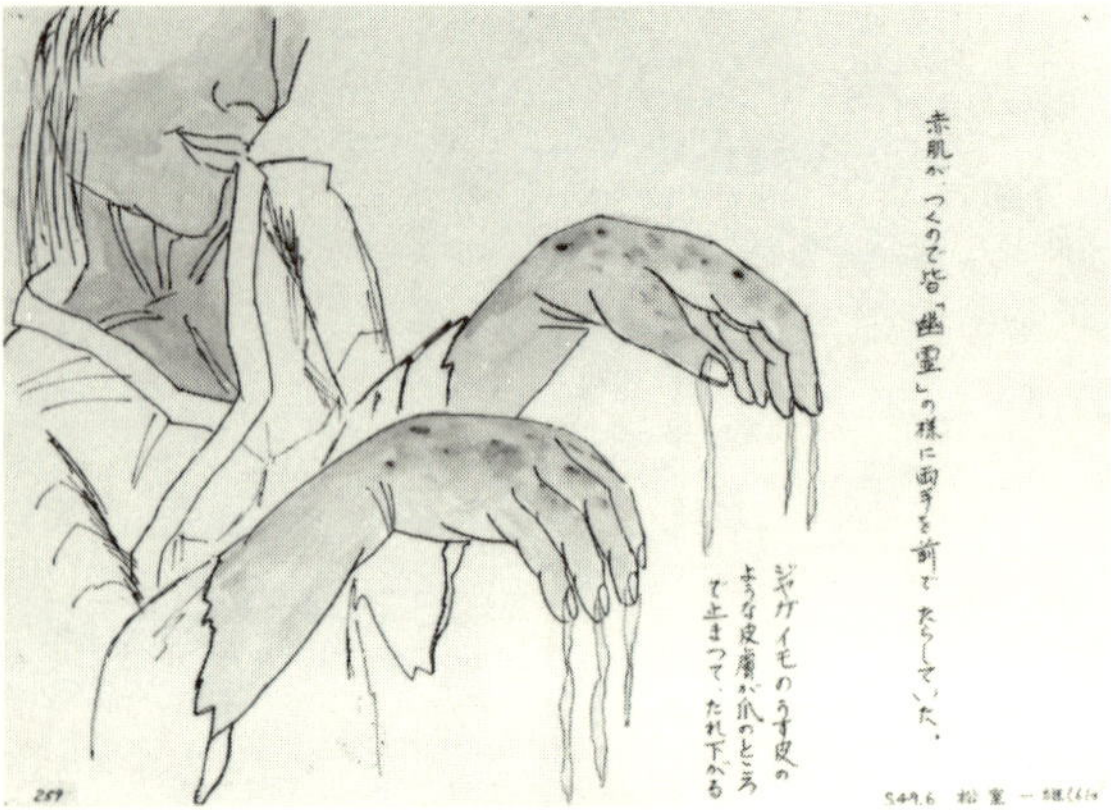

赤肌が、つくので皆「幽霊」の様に両手を前でたらしていた。
ジャガイモのうす皮のような皮膚が爪のところで止まって、
たれ下がる

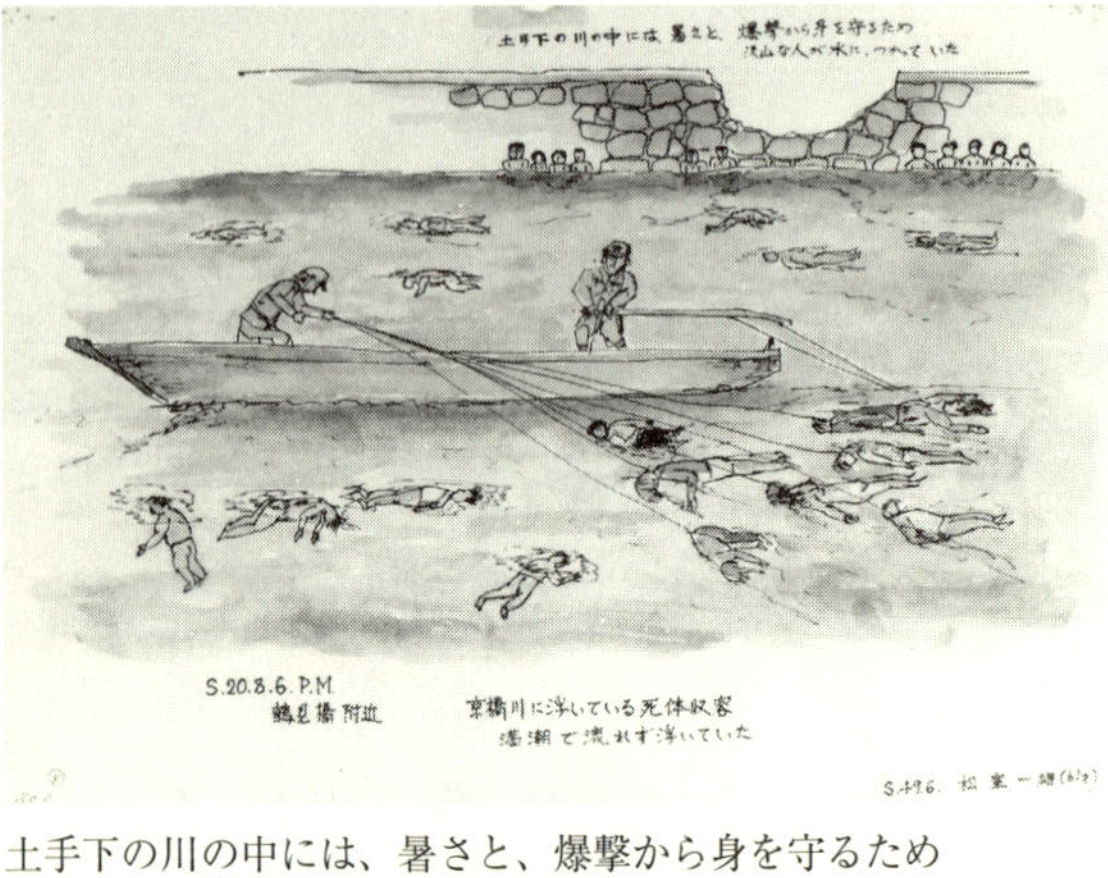

土手下の川の中には、暑さと、爆撃から身を守るため
たくさんの人が水に、つかっていた
京橋川に浮いている死体収容　満潮で流れず浮いていた

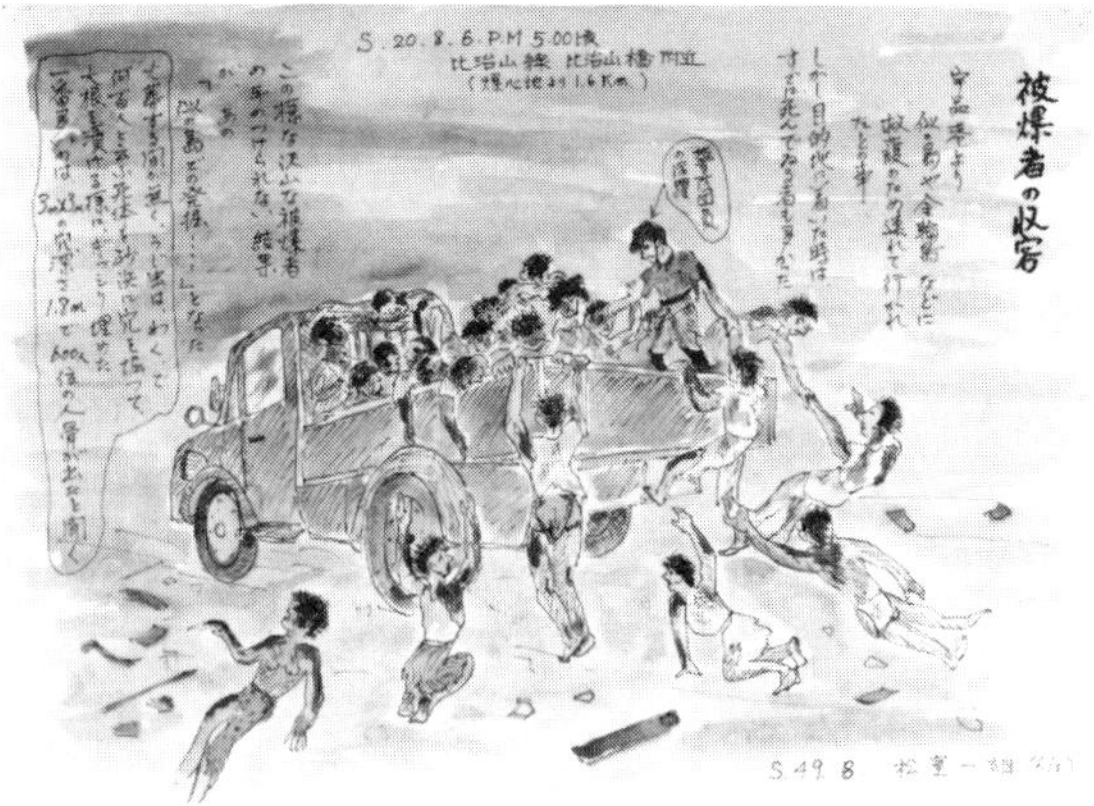

宇品港より
似島や金輪島などに救護のため連れて行かれたとの事
しかし目的地に着いた時はすでに死んでいる者も多かった

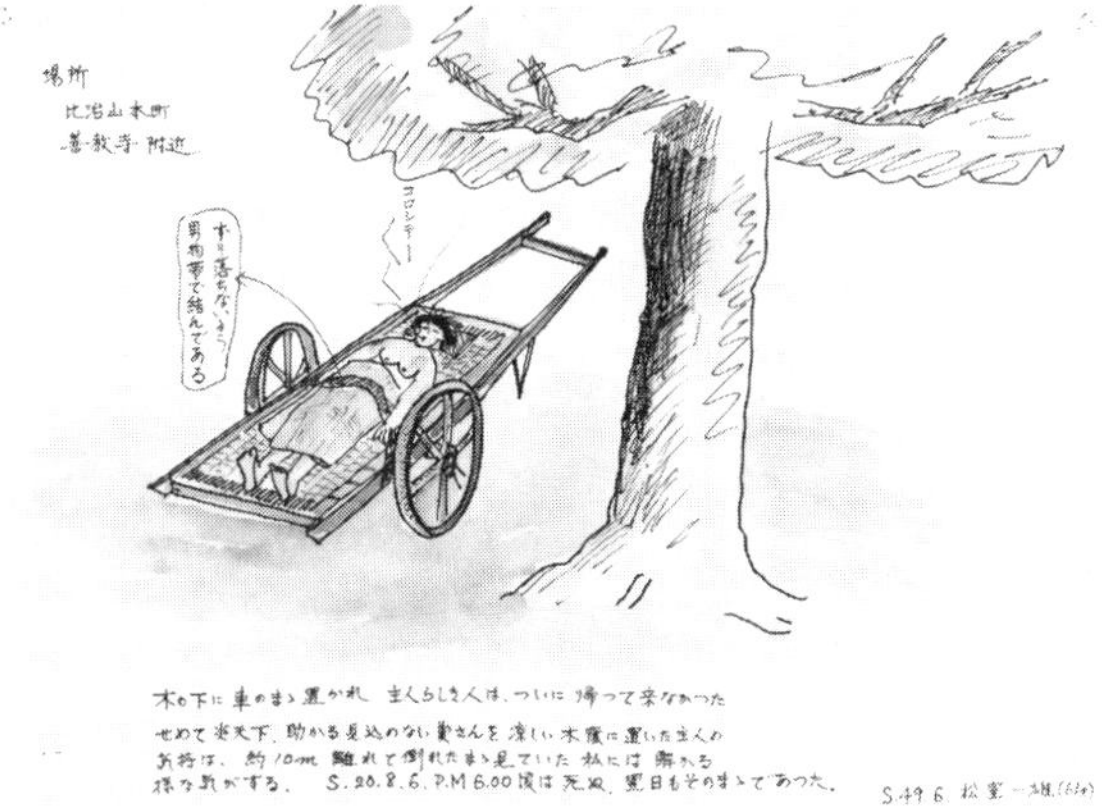

木の下に車のまま置かれ、主人らしき人は、
ついに帰って来なかった

背中にぶらさげた子供の顔の火傷跡には白い「ウジ虫」が動いていた。
拾った鉄カブトは、子供の骨を入れるつもりだろう。
……

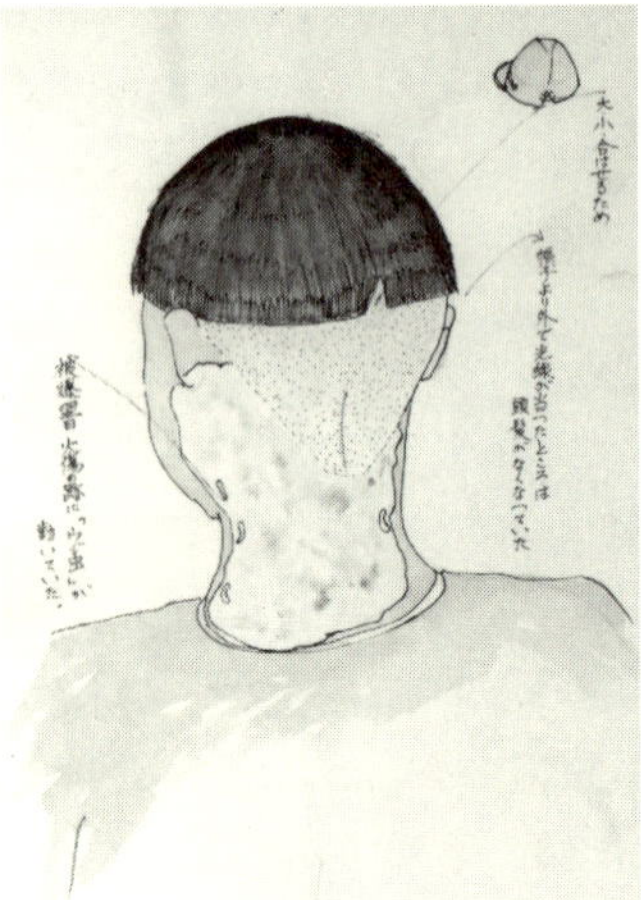

帽子より外で光線が当ったところは頭髪がなくなっていた
被爆翌日　火傷の跡に「ウジ虫」が動いていた。

【編集後記】

この五月、東京・多摩市に梅迫解詞さんをお訪ねした。長期の入院からやっと自宅に帰られたばかり。車椅子《いす》生活になられていたが、八年前にお会いした時と同じく、お元気なお話ぶりに一安心。その中で、私の父・貫一を思い起こす思いがけないお話も。

八月六日、郊外へ避難する途中、草津で状況把握《はあく》に駆けつけた岩国の陸軍燃料廠《しょう》の兵隊たちに出会ったと。軍用トラックの一団を指揮する若手将校を見れば、偶然にもかつての学友。負傷した梅迫さんを気づかってくれた彼に、惨状《さんじょう》を話し「もうこの先、広島へは入れんぞ。引き返せ」と教えたと。「岩国の陸軍燃料廠には、私の親父も兵隊でいたんですよ」と思わず言うと「へーぇ、それはまた」。

父（当時三十九歳）はあの日朝、岩国から公務で軍用オートバイを駆《か》って、広島方面に向かっていた。大野あたりで「原爆におうた」とは、少年時代にかすかに聞いた記憶がある。

三年前、父の三十三回忌法要を済ませた時、十六歳ほど年の離れた長兄・弘が、その後の一端《いったん》を教えてくれた。「昭和二十年の八月末じゃった。予科練で四国の高知におったわしが、やっとの思いで三原に帰ってきたんじゃが、連絡しといたのに、だれも迎えにも来とらん。どうしたんかと思うて、家に着いてみりゃあ、親父が大変じゃってのう」。

終戦で除隊となり、父は郷里の三原に帰ってから高熱で、かなりの間、うなされ続け、母・光子（当時三十八歳）は看病につきっきりだったと。初めて聞いた話である。被爆後の救援活動に従事し、二次放射能を浴びたためだったのか。その時、私は生後八カ月。

少年時代、夕涼み時になると、父から日中戦争の従軍体験をよく聞いた。なのに被爆後、生死をさまよったことを話したことはなかった。まして被爆後の惨状などを。あえて避けていたのか。

母子家庭でつましく暮らしていた幼なじみがいた。彼から父親の話を聞いたことはない。戦死と思っていた。そんな家庭は多かった。ところが十年ほど前、「兵隊にとられた彼の父親は、爆心地に近い基町の軍司令部近くで被爆したのか、いつまで経《た》っても帰って来なかった。だから今も正確には、生死不明、行方不明のままなんだ」と彼の友人から聞いて、愕然《がくぜん》とした。

原爆は、瞬時にして地域社会を崩壊《ほうかい》させ、人間を引き裂《さ》いた。一家全員が犠牲《ぎせい》になったり、彼の父親のようなケースは無数にあった。いったい何人が犠牲となったのか、それすら今もなおわからない。

「原水爆禁止宣言」四十周年の一九九七年六月、広島県大朝町・中国平和記念墓地公園内に「世界平和祈願之碑《ひ》」が建立《こんりゅう》された。その除幕式に参加した広島大学平和科学研究センター客員研究員の熊田重克氏は、次のようにコメントした。

「創価学会が、被曝《ひばく》者を含む『核文明』の犠牲者を悼《いた》む『世界平和祈願之碑』を建立されたことは、誠に意義深い。この碑が、私の目には『人間賛歌《さんか》』の素晴《すば》らしい群像に映った。そこには二十世紀の愚行《ぐこう》の歴史に終止符を打ち、来るべき二十一世紀を『人間の尊厳を謳歌《おうか》』する時代にしようという、学会の皆様方の並々ならぬ熱意と鋭い洞察《どうさつ》とが、ひしひしと伝わってきた」と。

核文明の犠牲者を悼む「世界平和祈願之碑」。世界に類例のないこの碑の前にたたずむと、自らの生き方を像に見られている思いにとらわれる。

この碑は、核被害を闇《やみ》の中に葬《ほおむ》り去ろうとする核権力に抗し、全《すべ》ての核犠牲の実態を明らかにするべしと、私たちに強く呼びかけているように思う。犠牲者を忘れるな。彼らの復権に何をなすべきかを考え、行動せよ。犠牲者の心情に迫り、思いを受けて、今生きているあなたたちが、平和を創《つく》る戦いへ立ち上がれ！　そう主張しているように思えてならない。

幼なじみの彼の父親が、いまだに行方不明のままと聞いた時、あらためて原爆のすさまじさを身近に、思い知った。父親の理不尽《りふじん》な死。その時、一歳前後だった彼。その後、父親の死をどのように知らされたのか。彼の心の内はどうだったのか。

かつて、肉親の被爆死を機に、ヒロシマを撮《と》り続けた写真家の故・佐々木雄一郎氏を訪ねた時、被爆体験記の中に、名だけ記されて空白のページが続く、体験記があってもいい、いやあるべきだと強く話されたことがある。見た目は空白だが、その空白部分にこそ、むしろ言葉にならない痛烈《つうれつ》なメッセージが込められている、そんな体験記をイメージされていたようだ。父親の死や原爆のことを黙して語らぬ彼の姿から、空白ページの体験記を連想した。

戦争が残酷《ざんこく》なのは、罪なき人々が巻き添えにされ、負傷し、殺されたりするからだけではない。殺された当人はもちろんのこと、残された家族の、戦争がなければ実現したかもしれない、未来をずたずたに引き裂《さ》いてしまう。

まして原爆は死ぬも地獄、生きるも地獄と被爆者をして言わしめたほど、両者に不当な死と生を強《し》いた。私は、「緩慢《かんまん》殺人」という言葉が忘れられない。

昭和三十八年、広島大学入学で居を広島に移し、基町の通称・原爆スラムに住んだ。相生橋東詰め北側へ五軒目、谷村理髪店横の小路をすり抜けるようにして通り、うなぎの寝床のように奥まったところにあった、山本宅の中二階の間借り人だった。スラムの住人には、被爆者が多かった。

原爆後遺症で父親を亡くした被爆者でもある若者と、三畳の間で語り明かした時、彼が大きな声で「おまえ、カンマンサッジン（緩慢殺人）って知ってるか」と怒鳴《どな》ったことがある。何度か問い直してやっと意味がつかめた。そんな言葉を柄《がら》でもない人間が放っただけに、印象は強烈だった。

真綿《まわた》でのどを絞《し》められるように、ゆるゆると殺されていく「緩慢殺人」の恐怖《きょうふ》に、被爆者はおののかない日は、一日としてないのだ！　おまえたちに、この気持ちがわかってたまるか――彼はこう言いたかったのだろう。

だが、恐怖におののきはするが、屈しはしない一群の人たちがいた。当時、創価学会は「貧乏人と病人の集まり」とさげすまれ、「落ち穂拾《ぼ》い」とけなされていた。その「落ち穂」でしかなかった、誰からも相手にされず、吹き溜《だ》まりに見捨てられたような被爆者たちが、信仰を機に生命力を湧《わ》き立たせ、生活力を徐々に身につけて、自らの力で枝を伸ばし葉を茂らせ、やがて大樹へと育っていく姿をまのあたりにしたのである。これには、目からうろこが落ちるほど驚いた。

スラムでは、多くのことを学んだ。その極《きわ》めつけが、私に言わせれば「落ち穂拾い」とは民衆の自立を促し、育《はぐく》んでいく創価学会を称《たた》える、最高のほめ言葉であることを実感したことだった。

（辛《つら》いこと、不安や悩みはある。しかし負けない！　心は、精神は、決して屈しはしない！　なぜなら、命の続く限り、なすべき使命があるからだ、なさねばならぬ核権力の魔性《ましょう》への戦い、平和を創《つく》る戦いがあるからだ）——そんな心意気に燃える人たちの間で、私は鍛《きた》えられ育てられ、ヒロシマを学び人間を学んだ。

実際、今から二十九年前、私も編集にかかわった「広島のこころ—二十九年」（第三文明社刊）に手記を寄せてくださり、既《すで》に亡くなられている方々・角屋マサノさん、松室一雄さん、迫越英一さん、坂口肇さん、杉田高二さん、岡本此平さん、泉広イズミさん、新井正栄さんなどから託された言葉は、今もって思い起こせる。

今回、取材・編集作業に携わって、二十一世紀に生き抜く若い世代の人たちのためにと、遺《ゆい》言《ごん》にも似た思いを注いでくださった「開かれた心」に接し、三十年前と同じような思いが、染《し》みいるように湧《わ》き起こってきた。

と同時に、これまで長年にわたり、既に一〇〇回を超えて開催してきた「平和のための広島学講座」が、どれほど私たちを励まし、背中を押し出してくださったかを痛感し、感慨深い。

このほど、講師の講演等を箴言《しんげん》資料集として整理しまとめたので、この機会に代表して三氏の箴言を紹介し、感謝の意を表したい。

「力の文化」に代わる「慈の文化」を確立しなければ、人類は自滅《じめつ》するほかないでありましょう。いのち尊し、人類は生きねばなりません。そのためには、一人一人の精神的原子の連鎖《れんさ》反応で、物質的原子の連鎖反応に勝たねばなりません。「自我の核」ほど破りがたいものはありません。しかし、自我の核を破り得たら、人間の精神は、どれほどの力を発揮するか。自我の核を破り、核絶対否定への行動を巻き起こさねばなりません。（七五年一月　森滝市郎氏）

（「私にとってのヒロシマ」テーマの被爆二世による青年主張大会で）お話下さった方々の意見に全面的に賛成。敬意を表します。他人の不幸の上に、自分の幸福を築こうとしない、最も尊敬《そんけい》されるべき立派な人間としての道を、今後も益々歩み続けていかれることが、私への励ましであり、心あるアメリカの人、心ある中国の人、心あるソ連の人、心あるあらゆる国の人々への励ましとなりましょう。こうした方々が増えることが、世界の揺るぎない平和を築いていく基礎になると考えます。（八〇年三月　今堀誠二氏）

広島で学生生活を送った私にとって、広島とは平和創出《そうしゅつ》に生き抜く決意を固めた揺籃《ようらん》の地だ。たとえ国土が安穏《あんのん》であっても、一人一人の生命が安穏でなければ、積極的な意味での平和ではない。平和とは最終的には一人一人の生命の中に確立され、生命の尊厳《そんげん》が実感出来るような境涯にまで高められなくてはいけない。私たちの目指す平和とは、最終的には一人一人の問題に帰結する。一人一人に光をあて、生きていることの意味、人生の素晴らしさを実感できるようにしていくトータルな運動だ。（八九年四月　大原照久氏）

併《あわ》せて、かつて広島で健筆をふるい、現在スペインで活躍中の畏友《いゆう》・清水信次氏が昨年一月、広島を思い起こし、作った詩「ヒロシマ」をこのほど贈ってくださったので、付記させていただく。

ヒロシマよ
街並みにそよぐ潮風は突然に
生と死の慟哭《どうこく》の　その運命に抗せよと
唸《うな》りをあげてわれに語りかけ

道行く人々を包む　家々の団欒《だんらん》のさざめきは
この世の不条理に　厳として挑めと
音を立てて　われを呼び覚ます声と変わる

記せ　綴《つづ》れ　あらゆる音を　すべての光を
わが生命の　プリズムに捉《とら》え　共鳴させて
広く　深く　人間の心を照らし　染《し》み透《とお》すのだ

ヒロシマよ
父を　母を　兄弟を　姉妹を　友を

生きとし生ける　そのすべてを
生命を　人間の尊厳を
誇り高く　毅然《きぜん》と謳《うた》え
守れ　戦え

ヒロシマよ　わが心のヒロシマよ
強くあれ　永遠に強くあれ

最後に、今回の聞き書き取材にあたったメンバーの所感を紹介させていただく。

「絶望から勇気の広島、その勇気受け継ぐ」（品川恭子）、「人間の底知れぬ強さと勇気を教えられた」（国井悦子）、「核兵器は絶対悪。二度と許してはいけない」（秋積直子）、「被爆者の方々には〝命の輝き〟があった」（平川礼子）、「被爆後の苦難乗り越えた明るさが印象的」（伏谷絵里）、「戦争絶対反対との主張が心に突き刺さる」（神田恵美子）、「〝女性が聡明になれば平和が広がる〟を学んだ」（出口聖子）「初めて聞き、確かに原爆があったと実感」（田中栄美）、「生か死かの苦悩乗り越えた話に感動した」（古川みどり）、「お一人お一人の言葉、精神受け継ぐ使命を」（藤川友子）、「継続が大事と。その人づくりに先駆したい」（淀屋君雄）、「対話第一で二十一世紀を〝平和の世紀〟に」（高橋丈夫）、「継承の大切さ痛感。過《あやま》ち繰り返さぬために」（木村正一）、「思いを具体的な行動に移した歴史を知る」（三浦雅之）、「プラス思考に感動。私達こそ必要と痛感」（熊谷篤）、「体験の風化を防ぐ。それが私たちの役目」（新関英一）、「平和を思い続け、語ることの難しさ学ぶ」（細田和憲）、「反核への強い思い。私に何が出来るかを」（光井周平）、「元気に平和への活動される姿にびっくり」（浜田旭洋）、「自身の平和への原点を築かせてもらった」（熊田翔史）、「悲惨、残酷《ざんこく》リアルに。平和の大切さ強く」（安富正博）、「被爆者の思い次世代に伝える大切さを」（西丸裕治）

本年は「広島決議」を採択し、幅広い平和創造の活動へ起点となった「第一回中国青年部総会」（昭和四十八年）から、ちょうど三十周年。節目に、これまでの主な史実も知ることの出来る、三十年史も含めた新たな角度からのメッセージ集を上梓《じょうし》したいと取り組ませていただいた。これもひとえに多くの方々のお力添えがあったればこそである。心からお礼を申し上げたい。

今回の出版は、「話し手」と若い世代の「聞き手」による共同作業で出来上がった。これを機に、一層若い世代の人たちによって、出来るだけ多くの〝ひろしま人《びと》〟の悲しみや喜びの涙を、余さずすくい取ってそのまま後世に伝える取り組みを、進めていただければと思う。平均年齢が七十歳を超えた被爆者の方々に多くの時間は、残されていないのだから。

二〇〇三年六月

「舞え！〝ＨＩＲＯＳＨＩＭＡの蝶々〟」刊行委員会　小西啓文

舞《ま》え！　HIROSHIMAの蝶々《ちょうちょ》
—被爆地からのメッセージ—　　レグルス文庫 245

2003年8月6日　初版第1刷発行

編　者　創価学会青年平和会議《そうかがっかいせいねんへいわかいぎ》
発行者　松岡佑吉
発行所　株式会社　第三文明社
東京都新宿区本塩町11—1　郵便番号　160-0003
電話番号　03（5269）7145（営業）
03（5269）7154（編集）
URL　http://www.daisanbunmei.co.jp
振替口座　00150-3-117823
印刷所　明和印刷株式会社

ISBN4-476-01245-0　2003 Printed in Japan
落丁・乱丁本はお取り替え致します。
ご面倒ですが、小社営業部宛お送り下さい。送料は当方で負担いたします。

REGULUS LIBRARY

レグルス文庫について

レグルス文庫〈Regulus Library〉は、星の名前にちなんでいる。厳しい冬も終わりを告げ、春が訪れると、力づよい足どりで東の空を駆けのぼるような形で、獅子座〈Leo〉があらわれる。その中でひときわ明るく輝くのが、このα星のレグルスである。レグルスは、アラビア名で〝小さな王さま〟を意味する。一等星の少ない春の空、たったひとつ黄道上に位置する星である。決して深い理由があって、レグルス文庫と名づけたわけではない。ただ、この文庫に収蔵される一冊一冊の本が、人間精神に豊潤な英知を回復するための〝希望の星〟であってほしいという願いからである。

都会の夜空は、スモッグのために星もほとんど見ることができない。それは、現代文明に、希望の冴えた光が失われつつあることを象徴的に物語っているかのようだ。誤りなき航路を見定めるためには、現代人は星の光を見失ってはならない。だが、それは決して遠きかなたにあるのではない。人類の運命の星は、一人ひとりの心の中にあると信じたい。心の中のスモッグをとり払うことから、私達の作業は始められなければならない。

現代は、幾多の識者によって未曾有の転換期であることが指摘されている。しかし、その表現さえ、空虚な響きをもつ昨今である。むしろ、人類の生か死かを分かつ絶壁の上にあるといった切実感が、人々の心を支配している。この冷厳な現実には目を閉ざすべきではない。まず足元をしっかりと見定めよう。眼下にはニヒリズムの深淵が口をあけ、上には権力の壁が迫り、あたりが欲望の霧につつまれ目をおおうとも、正気をとり戻して、たしかな第一歩を踏み出さなくてはならない。レグルス文庫を世に問うゆえんもここにある。

一九七一年五月

第三文明社